JN242526

小学館文庫

海街diary

高瀬ゆのか
原作　吉田秋生
監督・脚本　是枝裕和

小学館

1

まぶたの裏に光を感じ、佳乃《よしの》はわずかに身じろぎした。素肌を覆うタオルケットのやわらかさ、腹に回された男の手の重み、うなじにかかる寝息のリズム。五感がだんだん目覚めていく。

うっすらと目を開けると、枕側にある窓から朝日が差していた。手を伸ばして携帯電話をチェックする。

メール。姉からの。

目を通すなり意識はすっかり覚醒した。眠気も甘い余韻も消えた。

「朝から呼び出し？」

手早く衣服を身につける佳乃に、ベッドの中から朋章《ともあき》が問う。やや乱れた黒髪は色っぽくもかわいらしくもあり、隣に戻りたい誘惑が頭をもたげる。

「うん、大したことじゃないけど。ごめんね、朝、一緒できなくなっちゃって」

朋章は軽く首を振ると、ベッドサイドに置いてあった数枚の一万円札を手に取り、ちょっと掲げてみせた。昨夜、佳乃が渡した金だ。

「バイト代入ったら、すぐ返すからさ」

「いつでもいいよ」

佳乃はベッドに飛び乗って、年下の恋人にキスをした。ワンルームの部屋を抜け、玄関のドアを閉める前に、もういちど投げキスをする。

朋章の顔が見えなくなったとたん、自分の口角が下がるのがわかった。

まだ車も通っていない早朝から降り注ぐ夏の日差しに、なに張り切ってんのよ、などと理不尽な悪態をつきたくなる。

海沿いの道を歩きながら、姉からのメールを思い浮かべた。一度読めば憶《おぼ》えられる、短くてそっけない文面だった。姉らしいといえばそうだが、今回にかぎってはかえって感情が表われているように思う。

困ったなあ、というのが佳乃の感想だった。父親が死んだというのに、ちっとも悲しくない。

佳乃が七歳の時、両親は離婚した。原因は父の借金と女関係だと祖母は言った。父は女とともに出ていき、それ以来、顔を合わせたこともなければ連絡をとることもなく、どこでどうしているのかも知らずにいたのだ。

佳乃はなんとなく重い足を引きずって自宅に向かった。鎌倉《かまくら》には多い細い小径《こみち》を、両脇に繁《しげ》る緑がますます狭めている。日が遮《さえぎ》られるのはありがたいが、耳を聾《ろう》する蟬《せみ》時雨《しぐれ》には閉口する。

玄関の引き戸を開けて上がりかまちに腰を下ろすと、脇の部屋から千佳《ちか》がひょこっと顔を出した。妹なのに、容姿も性格も趣味もまるで似ていない。千佳は化粧っけのない顔に、弱ったようなおどけたような表情を浮かべた。

「おかえり」

潜めた声でぴんと来た。

「シャチ姉は？」

「あんまり寝てないみたいよ。泊まる時は連絡したほうがいいよ」

「流れでなんとなくさあ」

「流れ……」

「あるのよ、大人にはそういうことが」

「勉強になります」

ひそひそしたやりとりが、叩《たた》きつけるような声に断ち切られた。

「遅い！」

朝食の支度をしていたのだろう、エプロンをつけた幸《さち》が台所から出てきた。思ったとおり、姉はかなり機嫌が悪そうだ。

「なんであんたは肝心な時にいつも……」

佳乃はさっさと自室に退散することにした。

「ちょっと、わかってんの？」

「はいはいはいはい」

「千佳、いつまで寝てんのよ」

「ほいっ」

急に矛先を向けられた千佳が、尻を蹴飛ばされでもしたみたいに部屋から飛び出す。その脚を覆うサルエルパンツくらい、幸にもゆとりがあればいいのにと思う。

着替えて居間に行くと、ちゃぶ台に朝食が並んでいた。座布団に胡座《あぐら》をかいた千佳が、扇風機の風を浴びている。

佳乃も千佳の向かいに足を崩して座った。縁側のガラス戸越しに望める庭の木々が、いっそう強くなった陽光に炙《あぶ》られ、心なしかぐったりしている。まあ、水やりは幸か千佳がするだろう。

父が出ていった二年後、今度は母が再婚するといって出ていった。残された佳乃たちは祖母に引き取られ、この古い家にやってきた。その祖母もとうに亡く、それからは生活のすべてを姉妹三人でこなしている。

早々と箸を手にした千佳が、父の死について、姉のメールよりはもう少し詳しい情報を教えてくれた。

「山形《やまがた》？」

「うん。お父さん、温泉旅館で働いてたんだって」

「なんかさ、二時間ドラマっぽくない？」

「ぽいぽい。秘湯なんちゃら殺人事件ね」

父の死はおろか、父という存在自体が遠く感じられるのに、おまけに山形なんて縁もゆかりもない地名が出てきて、さらに現実味がなくなった。どうも他人事のようにしか捉えられない。年下の千佳はもっとだろう。

「べつに殺されたわけじゃないわよ」

味噌汁《みそしる》を運んできた幸がきちんと正座した。表情を窺《うかが》うと、妹たちのようにおもしろがってはいないが、その話なんかしたくないというわけではなさそうだ。

「あの女の人から？　電話」

父と出ていった人の名前を、佳乃は知らない。

幸は首を横に振った。

「あの人とは死に別れたんだって。千佳、かき込まない！　で、今の奥さんとまた山形で」

「じゃあ三人目だ。やるう」

会話の途中に説教が挟まるのはいつものことだ。叱られた千佳もまるで応えていない様子で、漬け物に醤油《しょうゆ》をかけている。

「あんたね、高血圧んなるわよ。おばあちゃんみたいに」

「だって幸姉の漬け物、味しないじゃん」

「浅漬けなんだからいいの。で、なんか娘がいるんだって」

また唐突に、説教から父の話に切り替わった。佳乃はごくりと味噌汁を飲んだ。

「娘って……妹？」

「そうなるわね」

父と不倫相手との間にできた娘なら、佳乃たちにとっては腹違いの妹だ。

千佳が茶碗《ちゃわん》から目を上げて幸を見た。

「どうすんの？　お葬式」

「私、行けないから。夜勤で」

幸は看護師だ。常に人手不足だとは聞くが、実の父親の葬式のために休めないということがあるだろうか。

「そうなの？」

「ま、いいんじゃない、もう」

追及せずに濁した佳乃に、幸はちらりと目を向けた。

「あんた、行ってきてくんない？　千佳、お供につけるから」

「え？」

「え？」

下のふたりの声が重なった。幸は黙々と顎を動かしている。


斜め向かいに座った千佳の手が、絶え間なく上下する様を、佳乃は見るともなしに見ていた。ついさっき開けたばかりの駅弁が、もう半分ほどになっている。もともとよく食べる妹だが、父親の葬式に向かう途上でも食欲は衰えていないらしい。

視界の端を車窓の景色が流れていく。ほとんど緑一色だ。父が人生を終えたところは、かなりの田舎なのだろう。車内は空いていて、四人がけのボックス席をふたりで悠々と使うことができる。

佳乃も自分の弁当を箸でつついた。だが、どうも口に運ぶ気にならない。

千佳が怪訝《けげん》な顔をしているのに気づいて、佳乃はふっと表情を緩めた。

「なんか気ぃ重い。父親ったって十五年も会ってないし」

「お父さん、やさしかったよね。動物園、連れてってくれたりしたじゃん」

「うん。でも、よく夜中にけんかしててさ。お姉ちゃんがお母さん慰めてるのも何度も見た」

泣きじゃくる母の背中にそっと手を添える幸の姿。幼かった佳乃はなんとなく声をかけることができなかった。佳乃や千佳の知らない父親を、そして母親を、姉は知っているのだろう。

千佳が赤いシートに沈み込むように息を吐いた。

「あたし、ほとんど憶えてないからなあ」

「あんた、まだちっちゃかったし」

千佳の目がくるりと天井に向いた。何かを想像している時の顔つきだ。

「妹かあ」

「ほしいって言ってたじゃん」

「子どもの頃の話だよ。今さらそんなこと言われてもさあ」

「だよね」

ぽつぽつとそんな話をしてみたり、それぞれにおやつを食べたり本を読んだりしているうちに、電車は目的の駅に到着した。そこで降りたのは佳乃たちふたりだけで、驚くほど短いホームには人っ子ひとり見当たらない。電車が去って空っぽになった線路の周りには、雑草が生い茂っている。

「なんでこんなとこにわざわざ……」

「え？　何？」

「すげー田舎っつったの！」

蝉の声がやかましすぎて、隣にいても会話がままならない。家の近くの蝉時雨も相当なものだが、これは時雨どころではない、蝉嵐だ。

「あの」

嵐を縫って、かすかに細い声が聞こえた。見れば、線路を渡ったところにある改札の傍《そば》に、セーラー服を着た少女が立っている。緑の景色の中、スカーフの赤が目を惹《ひ》いた。

「香田《こうだ》さんですか？」

蝉に負けじと少女は声を張った。

「あたし、浅野《あさの》すずです」

「あ……」

「それじゃ……」

佳乃と千佳は顔を見合わせた。浅野は父の姓だ。

「遠いところ、お疲れ様です」

すずはおずおずと頭を下げた。前髪を留めたピンがきらりと光った。

佳乃と千佳も慌てて頭を下げ返す。まさかいきなり「妹」に対面するとは思わなかったので、挨拶も自己紹介もしどろもどろになってしまった。中学生のすずのほうがよほどしっかりしていて、我ながら呆《あき》れる。

旅館まではすずが案内してくれるそうだ。坂道ばかりだというのに、先に立って歩く彼女の足取りは軽やかで、一歩ごとに白いセーラー服が陽光を弾《はじ》く。

対照的に、佳乃はたちまち肩で息をし始めた。スニーカーにリュックで来た千佳は賢い。アスファルトがひび割れた山道に、パンプスは間違いだった。両手に提げたボストンバッグとハンドバッグも。

「ちょっと登りますけど、近道なんで」

坂の途中で振り返ったすずが、山の斜面を指差した。近づいて見上げると、木や草の間を這《は》って細い茶色の筋が見える。舗装されてすらいないが、どうやらそのルートを行くらしい。

「これは道か？　山形ではこれを道と呼ぶのか？」

登り始めて数分も経つ頃には、千佳の息も上がっていた。佳乃に至っては口を利く余裕すらない。先頭を行くすずだけが、佳乃のバッグを持ってくれているにもかかわらず、涼しげな風情だ。

その後ろ姿を見上げた佳乃は、彼女が立ち止まっていることに気づいた。千佳に励まされながら、どうにかそこまで追いつくと、汗で湿った髪が風にふわりと吹き上げられた。道とは認めたくない道がアスファルトの道路に合流しており、木々に遮られていた視界が開ける。

「あそこです」

すずが指差したところには、どっしりした構えの旅館があった。すぐ下に川が流れており、風はそこから吹き上がってくるらしい。慣れ親しんだ海風と違い、さらさらした風だ。

千佳が声を弾ませた。

「あそこだって」

「立派だねえ」

佳乃も一時的に元気を取り戻し、残りの道のりを遅れずに歩いた。

「着きました」

すずは一つの役目を終えてほっとしたようだ。彼女からバッグを受け取った従業員は、佳乃たちを丁寧に出迎えた。聞いたことのない訛《なまり》に、遠いところへ来たのだと改めて思う。

「後で義母がご挨拶に伺うと思います」

お辞儀をして帰っていこうとするすずを、佳乃は慌てて呼び止めた。

「ありがとう。迎えにきてくれて」

「ありがとね」

千佳も横から言い添える。

すずはもういちど頭を下げて出ていった。自動ドアのガラス越しに見える後ろ姿は、山道での頼もしい足取りが嘘《うそ》のように小さくて細い。

「しっかりしてるね」

「うん、少なくとも私たちよりはね」

ちょっと反省したのは一瞬のことで、部屋に案内されるなり、佳乃はだらしなく倒れ込んだ。畳の上をずりずりと這って冷蔵庫に手を伸ばす。

「ビールー。ビール飲みてえ」

千佳はといえば、子どものようにはしゃいで窓に飛びついている。

「わあ、きれい。よっちゃん、すぐ下、川だよ。何か釣れるかなあ」

「そんなことよりビールー」

千佳が開け放った窓から、澄んだ空気が流れ込んできて、汗ばんだ肌を撫《な》でた。絶えず聞こえる川のせせらぎ。わずかに感じ取れる水の匂い。

景色も、人の話し方も、風の匂いさえ鎌倉とは違う。この地で父は生き、死んだのか。何か感慨のようなものを見つけ出したくて、佳乃は心の中を探った。だが、やはり何も見つけられなかった。


翌日、告別式が始まっても、他人事のような感覚は変わらなかった。棺《ひつぎ》に横たわる父を見た千佳は、知らないおっさんが死んでるよ、と困惑顔で呟《つぶや》いた。佳乃の感想も似たようなものだったし、黒縁の写真を見ても同じだった。

焼香の列は長く、誰もが父の死を悼んでいるように見える。しみじみと思い出を語り合う声も聞こえる。ごめんね、と佳乃は胸の内で父に告げた。娘なのに、あの人たちみたいに悲しんであげられなくて。

佳乃は視線だけを動かして、父のもうひとりの娘、すずを見た。その大きな目にも涙はない。感情の読み取れない表情で、参列者にきちんと頭を下げている。

その隣では、彼女の義母、陽子《ようこ》が泣きじゃくっていた。父はすずの実母と死別した後、陽子と三度目の結婚をした。昨日、旅館を訪ねてきた陽子が、浅野の家内です、と自己紹介をした時は、なんだか落ち着かない気持ちになったものだ。

ハンカチに顔を埋《うず》める陽子の背に、すずがそっと手を当てた。

「陽子さん、だいじょうぶ？」

唇の動きでそう言ったのがわかった。それから反対隣に座っている男の子のほうを向き、ずり落ちたサスペンダーを上げてやった。男の子は陽子の連れ子だという。退屈しきって、さっきからきょろきょろしたり読経の真似をしたりしているが、陽子には気にかける余裕がなさそうだ。

そのうちに佳乃ははたと気がついた。すずは幸に似ている。子どもの頃、泣く母を慰めていた姿が重なる。

佳乃はそっと目を逸《そ》らした。そして、思わず腰を浮かしそうになった。

ちょうど式場に入ってきたのは、幸だ。

佳乃は目を疑って瞬きし、次に隣の千佳に耳打ちをした。入り口を見た千佳も、あんぐりと口を開けた。

幸は驚く妹たちの前を通り、遺族席に頭を下げて焼香をした。物腰は静かだが、白い横顔はこわばっている。

式が終わるのを待ちかねて、佳乃たちは幸のもとへ駆け寄った。

「よく来られたね」

「夜勤あけでしょ？」

「車で送ってくれたのよ、友達が」

淡々と応じる幸の横を、弟を連れたすずが通り過ぎた。出棺準備で慌ただしい中、じっと座らせておくことに苦労しているようだ。

「あの子？」

「うん」

幸は親族席へ近づいていった。

「はじめまして、香田幸です」

すずがはっとした様子で立ち上がる。

「浅野すずです」

「弟さん？」

「はい。あ、でも義母の連れ子です」

「そう……」

幸の反応はどこか歯切れが悪かった。次に何を言おうとしたのか、何も言うつもりはなかったのか、どちらにせよ言葉が途切れたところへ「失礼します」と背後から声がかかった。陽子の叔父の飯田《いいだ》という人で、佳乃たちは昨日のうちに会っている。

飯田は陽子を伴っていた。相変わらずハンカチを握りしめ、今にも倒れそうな風情だ。喪主を表す胸の花も萎《しお》れて見える。

「はじめまして、香田と申します」

幸の挨拶を受け、飯田は顔をほころばせた。

「ご長女の方？」

「はい」

陽子がよろよろと半歩ばかり進み出た。

「はじめまして、浅野の家内でございます。お忙しいところ、ありがとうございます」

お辞儀をしたというよりは、うちひしがれてうなだれているようにしか見えない。声も涙に滲《にじ》んで聞き取りづらい。

「父が大変お世話になりました」

「いいえ、とんでもありません。私のほうがずっとお世話になりっぱなしで……」

陽子はハンカチを鼻に押し当てたが、こみ上げる嗚咽《おえつ》を止めることはできなかった。それ以上、言葉が続かない。

実のところ、佳乃は少し呆れていた。父の死を悲しめない娘からすると、こんなに悲しんでくれる妻の存在はありがたくもある。だが、ちょっと自分の感情に素直すぎはしないか。

そこへ告別式の進行役がやってきて、喪主の挨拶を求めた。

飯田が陽子の顔を覗《のぞ》き込む。

「陽子、できっか？」

「あだし、とても……。おじさん、代わりに……」

「うーん、そうはゆってもなあ」

陽子は顔に当てたハンカチの陰から、泣き腫らした目をちらりとすずに向けた。

「そうだ、すずちゃんは？」

佳乃はぎょっとしたが、すずはもっと驚いただろう。しかし飯田は膝でも打ちそうな雰囲気だ。

「ああ、ほんなら。なんたって実の娘なんだす……」

「それはいけません！」

遮ったのは幸だった。強い口調に、佳乃や千佳も含む全員が彼女を見つめた。陽子と飯田はその剣幕に面食らったようだ。

「でも、とてもしっかりした子だし」

「すずちゃんならだいじょうぶですよ。賢い子ですから」

「いえ、これは大人の仕事です」

幸は譲らなかった。きっぱりと告げる彼女を、すずがじっと見上げている。

「もしあれでしたら、私がやりましょうか？　ご挨拶だけですよね」

ここまで言われて、陽子にもさすがに感じるところがあったのだろう。彼女は怒ったように目を伏せた。

「わかりました。私、やります」

「だいじょうぶか、陽子」

「だいじょうぶよ、おじさん。私、妻ですから」

飯田に答える体だが、視線は幸を捉えている。

すずはやっぱり幸を見上げたままでいた。

青空に向かって一筋の煙が上っていく。最近は見かけなくなった火葬の煙だ。

「あ、ほら。珍しいよね」

「大らかっていうか、古いっていうか」

佳乃と千佳より一歩前に、幸は黙ってたたずんでいる。こちらに背を向けているので、どんな顔をしているのかはわからない。

「お父さん、けっこう幸せだったんだね。たくさんお別れに来てくれて」

「うん。やさしい人だったって、みんな言ってた」

千佳の口調は朗らかで、応える佳乃の声も自然に明るくなる。

「やさしくてだめな人だったのよ」

ふいに異質な声が割って入った。微笑《ほほえ》み合っていた佳乃と千佳は、はっとして幸のほうを向いた。幸は煙を見上げたまま、後ろ姿は微動だにしない。

「友達の保証人になって借金、背負って。女の人に同情して、すぐどうにかなっちゃうなんて」

やっぱり、と佳乃は思った。やっぱり幸は父を許せないのだ。

これは大人の仕事です、とすずを庇《かば》った姿がよみがえる。父が出ていき、母が出ていき、幸はきっと早く大人にならざるをえなかった。感情のままに泣きじゃくる陽子は、幸の目にどう映ったのだろう。

「あの陽子さんって人、うちらの母親に似てたね」

すべてを終えて駅へ向かう帰り道、幸がそんなことを言ったので、佳乃は内心どきりとした。佳乃も同じ印象を抱いていたからだ。父に捨てられ、さんざん泣いて死ぬの何のと大騒ぎしたあげく、自分も子どもたちを置いて出ていった母。あの時の幸の顔は忘れられない。

「でも最後まで面倒みてくれたんだから、感謝しないとね」

「そうだよね」

とりなすような佳乃の言葉に、千佳が同意する。だが幸は一枚上手だった。

「あの人は大して来てないわよ、病院に。いるのなんか、せいぜい十分。着替え届けたらさっさと帰っちゃう。それでも本人は精いっぱい看病してるつもりなのよ」

「さすが、できる看護師」

千佳が唸《うな》るように言った。職業柄、幸はそういう人間をしょっちゅう目にしているのだろう。

佳乃は看護師ではないが、幸の言っていることはわかる気がした。持てる荷物の重さには個人差がある。母が自分たちを手放したように。多くを持てないからといって、その人が手を抜いているわけではないし、責めることもできない。

幸は別れ際に陽子に頭を下げた。彼女の看病がどんなものであったか見抜いた上で、丁寧に感謝を述べた。さすがだと思う。

佳乃たちは横一列になって田舎道を歩いた。蝉の声は相変わらずやかましいのに、やけに静かに感じる。

遠くから声が聞こえた。振り返ると、セーラー服姿の少女が追いかけてくるのが見えた。

「どうしたの？」

「渡したいものがあって」

息を切らして駆けてきたすずは、幸に向かって古びた封筒を差し出した。

「これ、お父さんの机の中に入ってて」

受け取る幸の指先に、かすかな緊張が見て取れた。佳乃と千佳が左右から覗き込む。

「あー」

千佳が楽しげな声を上げた。佳乃もぐっと身を乗り出した。

封筒から出てきたのは、数葉の写真だ。

「えー、これ、お姉ちゃん？」

「これ、花火大会だね、鎌倉の」

「これ、憶えてる。江《え》ノ島《しま》」

「こん時、千佳、迷子んなってえらい騒ぎになったんだから」

「おまけに案内所でウンコもらしたのよ」

「えー、そうだっけ？」

どの写真にも三姉妹の誰かが写っている。十五年前の姿で。

煙が上っていった空から降り注ぐ日差しが、古い写真をきらめかせる。記憶の底に埋もれていた様々な場面が、奔流のように溢《あふ》れ出してくる。

「それじゃ」

「あ、待って」

お辞儀をして去ろうとしたすずを、幸が呼び止めた。振り向いた彼女の額に汗が光っている。

「時間ある？」

「え、はい」

幸は腰を屈め、戸惑うすずに目の高さを合わせた。

「この街でいちばん好きな場所ってどこ？」

幸の問いかけは唐突だったのに、佳乃はそれが自分の口から出たもののように感じた。横目で見れば、千佳も当然のような顔で微笑んでいる。

幸い、電車の時間までにはかなり余裕があった。すずはためらいつつも、急勾配の山道に異母姉たちを誘った。

「でもさあ、だいじょうぶかな、あの子」

最後尾でかなり遅れている佳乃を待って、千佳がぽつりと言った。

「ん？」

「ここでやっていけんのかなあと思って」

「うん。あの子、陽子さんとは何の関係もないんだもんね」

陽子は母に似ている。あまり重い荷物は持てない人だ。しかし心配したところで、佳乃たちが口を出すことではない。

なんとか登り切った山道の先には、小さな神社があった。佳乃がたどり着いた時、すずと幸は境内の端にある柵の前に並んでいた。背格好はまったく違うのに、その後ろ姿が似ている気がするのは、先入観のせいだろうか。

「わあ、いい眺め」

歓声を上げた千佳が幸の隣に、佳乃がすずの隣に駆け寄った。

「お父さんとよく一緒に来たんです」

初対面の姉に挟まれたすずは、顔を正面に向けたまま遠慮がちに言った。

苦労して登ってきただけあって、そこからは街が一望できる。山に囲まれたすり鉢のような土地に、鮮やかな黄緑の田が広がり、昔ながらの家々が身を寄せ合っている。小さな街は、手のひらで掬《すく》えそうだ。

「ねえ、なんか似てない？」

佳乃の言葉に、千佳がすぐ反応した。

「うん、あの向こうに海が見えたら鎌倉だよね」

「でしょ？」

幸がすずのほうに顔を向けた。すずの隣にいる佳乃からも姉の表情が見えた。いつも叱られてばかりいる佳乃は長らく見ていない、やわらかい表情だった。

「すずちゃん、あなたがお父さんのこと、お世話してくれたんだよね？」

すずは肯定していいものかどうか迷っているようだった。うなずいたのかうつむいたのかわからない仕種《しぐさ》で下を向く。

「お父さん、きっと喜んでると思う」

幸はすずの肩を抱いた。その手はきっとあたたかいのだろう。

「ほんとにありがとうね」

すずの黒い髪がかすかに揺れた。うなずいたのかどうかは、やはりわからない。だが涙を堪《こら》えているのは、顔が見えなくてもわかった。

「ありがとう」

佳乃もすずに体を寄せた。

「ありがとうね」

千佳も笑顔を近づけた。

透明な雫《しずく》が一粒、すずの目から零《こぼ》れた。

それから四人は連れだって駅に移動した。幸と佳乃がすずを挟んでベンチに座り、千佳はホームを歩き回ってそこかしこに散った花びらを拾い集めている。鮮やかなピンクの花は、たぶん百日紅《さるすべり》だ。鎌倉に咲いている花が、この街にも咲いている。

「この街、好き?」

幸の質問に、すずは曖昧に首を傾《かし》げた。

「好きっていうか、こっちへ来てまだそんなに経ってないんで」

それまでは父とふたりで仙台《せんだい》に住んでいたという。

「でも、なんでお父さんがここに住みたいって思ったのか、わかりました」

佳乃の脳裏に、神社の境内から眺めた景色がよみがえった。父は鎌倉を、捨てた家族が住む地を、懐かしく思っていたのだろうか。

嵐のような蟬の声に混じって、電車の音が聞こえてきた。視界を遮る建物もないから、赤い車体は遠くからでもよく見えた。車輪が軋《きし》り、剝《は》げかけた「ワンマン」の文字が目の前で止まる。

順に乗り込んだ千佳と佳乃は、見送るすずに口々に声をかけた。

「じゃあね」

「元気でね」

すずはいちいち律儀に「はい」と答え、それから少し間を置いて付け足した。

「お姉さんたちも」

最後に乗り込んだ幸が、まっすぐにすずを見つめた。

「すずちゃん、鎌倉に来ない？」

すずはすぐには意味が摑《つか》めなかったようだ。佳乃と千佳も驚いて顔を見合わせた。

「え……？」

「一緒に暮らさない？　四人で」

千佳の口もとがしだいに緩み、目が三日月の形になっていった。佳乃の表情も同じような変化をしているのだろう。

幸が妹たちの顔を見た。佳乃も千佳もにっこり笑った。

「あたしたちの家、すっごく古いけど大きいの。みんな働いてるから、あなたひとりぐらいなんとかなるし」

幸の言葉を裏付けるよう、ふたりして深く頷《うなず》いてみせる。

すずの頬に血の色が上り、大きな瞳が揺れた。

「でも……」

「すぐ決めなくていいから」

戸惑って当然だろう。この場で決められるはずがない。

「ちょっと考えてみてね」

「またね」

手を振る佳乃と千佳に、すずは忙《せわ》しなく視線を向けた。それからまた幸を見た。

長い睫毛《まつげ》が伏せられる。迷いに幕を下ろすように。

「行きます」

すずが再び目を上げた時、ちょうどドアが閉まった。ドアは耳障りな音を立てただ、澄んだ声ははっきりと聞こえた。

ガラスの向こうからすずが見つめている。わずかに頬をこわばらせて、けれど瞳には決意をたたえて。

動き出した電車の窓に張りつくようにして、佳乃たちは手を振った。伝わることを願って、待ってるからね、と口を動かす。

すずの顔にぱっと笑みが広がった。出会ってから初めて見る笑顔だ。

彼女は電車を追って走り出した。高く上げた片手を大きく振り、やがては両手を頭の上でぶんぶん振った。ホームの端ぎりぎりで立ち止まってからも、ずっと振り続けていた。


それから、佳乃たち三人は父の遺産の相続を放棄した。

そして蟬時雨のやむ頃、姉妹の家に末の妹がやってきた。

2

すずが香田家に移ったのは、父の四十九日がすんだ翌週の日曜日だった。

鎌倉を訪れること自体、初めてだった。あの神社の境内からの眺めによく似た街。

父が捨て、想い続けた街。

その中心地からは少し離れたところに、姉たちの家はあった。すっごく古いけど大きいの――一番上の姉、幸が言っていたとおりだ。門には「香田」という表札がかかっていた。同じ父の娘だが、すずは「浅野」、姉たちは「香田」。香田というのが、すずの両親が傷つけた女性の姓なのだろう。

よく晴れた日でよかった、とすずは思った。青く高い空が、ともすれば怯《ひる》みそうになる心を励ましてくれる。

門の前に停まった小さなトラックから、すずの荷物が次々に運び込まれていく。作業員に交じって段ボールを運んでくれているのは、三番目の姉の千佳だ。すずも深呼吸を一つして、スポーツバッグを肩に後に続いた。

「お姉ちゃーん、着いたよー」

広い庭から千佳が声をかける。はーい、と応えたのは幸だろう。おねがーい、と言ったのがたぶん佳乃だ。

前を行く千佳が首を捻《ひね》って足もとを見た。

「あ、気をつけてね、そこ」

「はい」

自分の声がわずかに硬くなっているのがわかる。

対して、玄関で出迎えた佳乃の声は底抜けに明るかった。

「いらっしゃーい」

「遠かったでしょ。疲れてない？」

幸の声はいたわりに満ちていた。ふわりとやさしい香りがして、見れば花が活《い》けられている。

「だいじょうぶです」

「部屋、二階だから、荷物あげちゃいなさい」

「はい」

あたしの隣、と佳乃が言い添える。

すずは改めて頭を下げた。

「今日からお世話になります」

「おいで」

佳乃の手招きに応えて、すずはスニーカーを脱いだ。初めて踏む板張りの廊下はひんやりとして、心臓がきゅっと縮む感じがした。

「お邪魔します」

「こっちこっち。はい」

すずの肩を抱いて連れていこうとする佳乃に、幸が背後から声をかける。

「佳乃はお昼、手伝ってよ」

「えー、出前じゃないの？」

「蕎麦《そば》は茹《ゆ》でたてじゃなくっちゃね」

妹の不満には耳を貸さず、幸は台所らしきほうへさっさと向かう。先に階段を上っていた千佳が、ひょこっと顔を出した。

「レンコンがいい、天ぷら。あとナス」

「ナスあるわよ」

「やった」

すずはおずおずと申し出た。

「私、手伝います」

「すずはいいから、荷物の整理しなさい。あんたじゃなきゃわかんないでしょ」

幸の言うことはもっともだ。

「はい」

「もう妹なんだから、『ちゃん』は付けないわよ」

すずははっとして目を上げた。あまりに自然に呼ばれたので、聞き流してしまっていた。幸はふたりの妹を、佳乃、千佳、と呼び捨てにする。

幸の眼差《まなざ》しはあたたかかった。佳乃も千佳も、笑みを浮かべてすずを見ていた。

すずは微笑んでうなずいた。

「はい」

なんだかくすぐったい。

急な階段を上がってすぐ右手の部屋に、千佳はすずを案内した。

「奥がよっちゃんの部屋。こっちはねえ、前にシャチ姉が使ってたの」

シャチ姉というのは、幸のことらしい。すずには今のところやさしい姉だが、そのうちシャチの顔を見ることになるのだろうか。

先に入った千佳が、よいしょ、と窓を開け放った。

「まあちょっと狭いけど、南向きだしね」

「わあ」

すずは窓辺に近づいた。明るい日差しに畳が温められている。すぐ外に窓と同じ背丈の木があって、葉がさわさわと揺れている。

「あ、机、入るかなあ。あっちこっち狭いからなあ」

千佳が首を捻りながら出ていった。ぼやくような声が、涼やかな風鈴の音にかき消される。

すずはくるりと体の向きを変え、窓辺から部屋を見回した。たしかに広くはないが、明るくて風通しがいい。使い勝手もよさそうだ。

すずは荷物の整理にとりかかるべく、パーカーの袖をまくり上げた。

大まかな作業だけをすませて一階に下りると、千佳が仏壇に線香をあげているところだった。

「すず？」

気づいた千佳に手招きされ、仏間に足を踏み入れる。隣は居間らしく、その仕切りの襖《ふすま》も、さらに縁側との仕切りの障子も、そして庭と中とを隔てるガラス戸も開け放たれているので、とても広く感じる。

あぐらをかいた千佳の横に、すずは膝を抱えて座った。仏壇には、玄関に活けられていたのと同じ紫の花が供えられている。名前は知らないが、きっと季節の花なのだろう。

千佳が仏壇の上の壁を指差した。年老いた男女の写真が、それぞれ額に収められている。

「おばあちゃんとおじいちゃん。どっちも学校の先生」

「へえ」

千佳たちの母の両親ということだろう。

鈴《りん》を鳴らした千佳が正座をして手を合わせたので、すずも倣った。余韻が消えるまで待って、改めて姉たちの祖母の写真を見上げる。

「幸さんに似てますね」

千佳はにやっとした。

「あ、それ、幸姉に言わないほうがいいよ。一番いやみたい」

「そうなんですか？」

「うん。お母さんとけんかするたんびに、そう言われてたからね」

ふうん、とすずが応じた時、玄関のほうで男の声がした。

「こんにちはー」

「お、来た来た」

千佳が立ち上がって駆けていき、すぐに親しげな会話が聞こえてきた。

「もう終わっちゃったよ、引っ越し」

「え」

どうやらすずの引っ越しを手伝ってくれることになっていたらしい。

家に上がってきた彼は、浜田《はまだ》という名前で、千佳が勤めるスポーツ店の店長なのだそうだ。三十代半ばくらいだろうか。気さくで大らかそうな雰囲気が、どことなく千佳と似ている。

浜田も一緒に昼食をとることになり、縁側に座布団が並べられた。まだ台所に立っている上の姉ふたりを残し、三人で先に食べ始める。千佳が浜田の隣に座り、床に置いた蕎麦を挟んで、すずが浜田と向かい合う格好だ。

浜田は相手を緊張させない雰囲気の持ち主で、図々しさを感じさせることなくすずの言葉を引き出した。すずは問われるままに、山形の思い出や鎌倉の印象、以前はサッカーをやっていたことなどを話した。

「ふうん、サッカーのジュニアチーム？」

初めて聞く話に、千佳は興味を持ったようだ。

「はい、仙台に住んでた頃ですけど」

千佳と浜田は顔を見合わせ、同時に軽く身を乗り出した。

「じゃあさ、オクトパスの入団テスト、受けてみれば？」

「うん、地元の少年サッカーチーム。中学までは女の子も入れるんだよ」

「ふうん」

思った以上に声が弾んだ。山形に移ってやめてしまったが、仙台にいた頃はかなりの強豪チームのレギュラーだったのだ。できるならやってみたい。

「おれたちサポーター。な」

「うん」

浜田と千佳は息がぴったりだ。

そこへ、おかわりを持った幸と佳乃がやってきた。

「はーい、茹でたて茹でたてー」

歌うように言った佳乃がすずの隣に座った。幸はいわゆるお誕生日席だ。

「あー、すいませーん。なんか全然、お役に立ってないのに」

「いいえ、千佳がいつもお世話んなってます」

「いやいや。お姉さん、この浅漬け、超うまいっすね」

幸はにこやかに応じていたが、お姉さん、と言われた時だけ眉がぴくっと動いた。浜田は幸より明らかに年上だ。しかし浜田も千佳も気づかなかったらしく、相変わらず夫婦のような雰囲気を醸し出している。

「味、薄くない？」

「いやいや、これぐらいがちょうどいいんだよ」

さっきの会話が聞こえていたのか、幸が気を取り直したように訊《き》いた。

「浜田さんもサッカーやってらしたんですか？」

「ぼくはね、山登りをちょっとだけ」

ちょっとじゃないよ、と千佳がすぐに口を挟んだ。

「店長はねえ、七年前のマナスル遠征隊にも参加してたんだよ」

佳乃が蕎麦をすすりながら会話に加わる。

「へえ、そうなんだ。どこ？　マナスルって」

「ネパールの、このへん」

千佳が手振りで位置を示そうとするが、佳乃はぴんとこない様子だ。

「だからネパールは、中国とインドの間」

懸命に説明する千佳をよそに、浜田は幸に向かって話を続ける。

「でもその後のエベレストで遭難しちゃって、足の指、六本なくしちゃったんですよ」

「え、六本も？」

「あ、見ます？」

「いえ、けっこうです」

「なんなら触って……」

「けっこうです」

「写メ、撮ります？　だいじょうぶっすか？」

「だいじょうぶです」

幸と同じくすずもぎょっとしたが、浜田本人はべつに気にしていないようだ。

佳乃と千佳、幸と浜田の会話が同時に繰り広げられるのを、どちらもぼんやり聞きながら、すずは昼下がりの庭に視線を投げた。伸び伸びと繋った植木。沓脱《くつぬ》ぎの周りに並んだ鉢植え。ひなたぼっこをしている石灯籠。何もかもが、縁側から溢れる賑やかな声に耳を傾けているみたいだ。

すずは眩《まぶ》しさに目を細めた。この家が好きになれそうだった。

翌日から通うことになった中学は、緑豊かな高台にあった。けっこうな坂を上らなくてはいけないので、遅刻ぎりぎりにならないよう気をつけたほうがよさそうだ。

「はーい、座って座って。すーわーれ。はーい、ほらほらほら」

教室に担任の男性教師の声が響く。すずは教壇の脇に立ち、全員が席についてざわめきが収まるのを待った。背後の黒板には、教師の字で大きく「浅野すず」と記されている。

新しい制服は、白いシャツに紺色のワンピース。両手で体の前に提げたバッグも、前の学校のものとは違う。

「山形の河鹿沢《かじかざわ》中学校から来ました、浅野すずです。よろしくお願いします」

「はい、拍手ー。じゃ、浅野、席あそこ」

軽く頭を下げ、教師が指した後ろから二番目の席へ向かう。教室中の視線がついてくるのを感じる。

「はい、山形ね。東北。場所はどこにあったか憶えてますか。ね、河鹿沢については浅野に直接、聞いてみてください。みんなもこっちのことどんどん教えてあげてね」

席につくと、すぐに後ろの席の女の子が声をかけてくれた。

「よろしくね」

うまくやっていけそうだ。

休み時間になるなり、すずは目を輝かせた女子に囲まれた。

「部活は何、入ってたの？」

「サッカーやってた」

かっこいい、あたしはバスケ、あたしも、といくつもの声が重なり合う。

その隙間を突くように、いくらか低い声がした。

「浅野」

振り返ると、学ランに身を包んだ小柄な男子が、書類らしきものを差し出している。

尾崎風太《おざきふうた》だよ、と女子のひとりが教えてくれた。

「浜田店長が言ってたんだけど、これ、オクトパスの。ここに親の名前とハンコ。よろしく」

オクトパスといえば、千佳と浜田が応援している少年サッカーチームだ。ということは、風太はその一員なのだろう。

「うち、お姉ちゃんしかいないけどいいかな？」

「うん、全然だいじょうぶだよ」

「わかった。ありがとう」

「じゃ、よろしく」

風太は軽く片手を上げ、さっさと離れていってしまった。男子グループに戻り、わいわい騒いでいる。

「入るの?」

「入団テスト、受かったらね」


その頃、幸は大叔母である史代《ふみよ》の訪問を受けていた。亡くなった祖母の妹で、大船《おおふな》という近いところに住んでいることもあって、昔から何くれとなく気にかけてくれている。今日は幸が遅番だということで、彼岸のために作ったおはぎを持ってきてくれたのだった。

「わあ、おいしそ」

お茶を運んできた幸を、史代はじっとりと上目で見た。

「さっちゃん、犬や猫じゃないのよ」

すずのことを言っているのは聞かなくてもわかる。彼女が心配するのは当然だが、ついつい苦い顔になってしまう。

「わかってるわよ、おばさん」

「お母さんに相談したの？」

「べつにそんな必要ないでしょ」

冷静に答えたつもりだったが、ちゃぶ台に置いた湯呑《ゆの》みが耳障りな音を立てた。史代が重箱からおはぎを取り分け、ため息をつく。

「まあね、姉さん生きてたら、あんたと同じこと言っただろうけど。でもねえ、しつこいようだけど、子ども育てるって大変よ」

幸はちらりと史代を見て、すぐに手もとに視線を落とした。

「だいじょうぶよ。佳乃や千佳だってちゃんとあれしてきたんだし」

「さっちゃん」

史代は体ごと幸のほうを向いた。

「よーく考えてね。あの子は妹は妹だけど、あんたたちの家庭を壊した人の娘さんなんだからね」

「関係ないでしょ。あの子はまだ産まれてもいなかったんだから」

幸は思いきり大きく口を開けておはぎを頬ばった。こんな時でも大叔母のおはぎは絶品だ。

史代が宙を見上げて、さっきよりも深いため息をついた。

「ああ、これでまた嫁に行くのが遅れるわ……」

次の日曜日、オクトパスが拠点とするグラウンドに、すずの姿はあった。上下とも青のユニフォームは仙台にいた頃のもので、その上から緑のビブスを着けている。入団テストは、すずを入れてのミニゲームという形で行われることになった。千佳と浜田がわざわざ応援に来て、グラウンドの端のベンチから声援を送ってくれている。

ヤスと呼ばれている監督が声を飛ばした。

「将志《まさし》、遅い。球、持ちすぎ」

ほとんど同時に、すずが彼のパスをカットした。前髪をくくって額を丸出しにしたのは正解だったようで、視界を遮るものがないおかげで、ボールの流れも人の動きもよく見える。

ナイスカット、と叫んだのは、入団のための書類を届けてくれた尾崎風太だ。水色のTシャツとソックス、サイドに赤いラインが入ったパンツという、オクトパスのユニフォームを身につけている。

「こっち」

何人かかわしたところで風太から合図があった。すずは間髪を容れず左足でパスを出した。風太がシュートを放つ。焦ったのかフォームが崩れ、ボールはゴールを大きく逸れた。ホイッスルが鳴り、風太が天を仰ぐ。

「枠、飛んでないよー、風太。切り替えてー」

よく通る声で叱咤《しった》激励したのは、ゴールキーパーの美帆《みほ》だ。チームに女子は他にいないので、彼女はすずの入団を強く望んでくれている。

「悪い」

「ドンマイ」

自陣に戻りながら風太と短い言葉をかわす。こういうのも久しぶりだ。

「浅野、ナイスパス」

ヤスの声に顔を向けると、千佳と浜田の姿が目に入った。興奮した様子で語り合っているのは、身振りからしてさっきのすずのプレイについてらしい。

こんなふうに応援してもらえるのも、チームメイトと励まし合うのも、全身をフルに使って動き回るのも、何もかもが心地よい。

入団テストはその場で合格となり、すずの歓迎会ということで、みんなで昼を食べにいくことになった。オクトパスにとっては行きつけの店だという。

その店は海のすぐ傍にあり、濃い潮の香りに包まれていた。壁面に「海猫食堂《うみねこしょくどう》」という看板がかかっており、千佳と浜田を含むオクトパスの面々は、その下に自転車やスクーターをずらりと停めた。

店内は外観よりしゃれていて、窓は白いカーテンで縁取られ、木目調の壁にはリースが飾られている。すずは入り口にいちばん近いテーブルに、千佳と浜田とともについた。

この人数が一斉に押しかけると、テーブル席はすべて埋まってしまい、カウンターに何席かを残すばかりだ。おまけにみんなが口々に喋《しゃべ》るものだから、外ではよく聞こえていた海鳥の声もかき消されてしまう。

「じゃ、これ誰だ？　これ」

監督のヤスが立ち上がり、跳ねながらくるっと回ってみせた。サッカー選手のプレイの真似らしいが、テーブルの隙間でやるものだから、脚をぶつけてしまったようだ。子どもたちが笑う中、答えたのは食堂の従業員だった。

「ジダンでしょ、ジダン！」

「あ、正解！」

ふたりではしゃいでいるが、若い世代には不評だった。

「古いー。ミドリさん、歳《とし》いくつ?」

声の主を、顔を寄せてきた千佳が指差す。

「キャプテンの風太の家は酒屋さんで、うちとは逆に男三人兄弟」

「そんな気しました」

「で、監督のヤスはシャチ姉の同僚」

「へえ。ってことは、お医者さん?」

「うん。みたいなもんだね」

千佳の説明はなんだかいいかげんな臭いがする。

「はーい、これ、入団祝い」

店主だという女の人が、すずの前に魚のフライを置いた。アジだそうで、ここの看板メニューらしい。

「わあ、おいしそう」

声を弾ませたすずに、店主はにこっと笑いかけた。たぶん祖母と言っても通るような年齢だろうに、かわいらしいと表現したくなる笑顔だ。

千佳が親しみのこもった口調で紹介した。

「二《に》ノ宮《みや》さん。うちはみんなお世話んなってるの」

「そう、こんな頃からね」

二ノ宮は手で幼い子どもの身長を示し、もう一度すずに笑みを向けた。

「たくさん食べてってね」

「はい、ありがとうございます。おいしそう。いただきまーす」

大きな口でかじったアジフライは、表面はかりっと、中はふわっとして、今まで食べた中で一番おいしかった。

「んー、おいしい！」

「おいしいでしょ？」

「やっぱりね」

千佳と浜田は自分が作ったみたいに得意気だ。

「熱い！」

いっぺんにたくさん頬ばりすぎた。口内の熱を逃がそうと慌てふためくすずを、カウンターの隅に座った男が振り返って見ている。

男は常連らしい様子で、二ノ宮と何か話している。内容は聞こえなかったが、二ノ宮の唇が、似てる、という形に動いた気がした。

病院でエレベーターを待っていたら、隣に男がやってきた。

「おう」

「あ……」

彼が小児科医の椎名《しいな》だということは、見なくてもわかる。それでも幸はちらりと顔を横に向け、またすぐに正面に戻した。椎名は前を向いたまま、一緒にいるというほど近くない、微妙な距離を置いて立っている。

「引っ越してきたんだろ？　妹さん」

「うん」

「でも、やることが大胆だよなあ。まあ、さっちゃんらしいけど」

椎名が少しだけ首を捻って笑顔を見せたので、幸もひかえめな笑みを返した。医師と看護師、白衣を着ている者同士、たまたま居合わせて談笑していたって不自然ではないはずなのに、やはり周囲の目を意識してしまう。

「やっぱり行ってよかった、お葬式。でなきゃ、妹にも会えなかったし」

「たまには人の言うこと聞いてみるもんだろ」

「うん、ありがとう」

幸はもういちど笑いかけ、ちょうどやってきたエレベーターに乗り込んだ。その背中に、ホールに残った椎名がすばやく囁《ささや》く。

「今度、日勤いつ？　晩飯でもどう？」

　幸はくるりと体の向きを変え、まっすぐに椎名を見つめた。心を病んでしまった妻との別居が続き、多忙な身でのひとり暮らしのはずなのに、服装から生活の乱れは窺えない。幸との関係の後ろめたさも、彼から余裕を奪うことはないようだ。

　エレベーターの中にもホールにも他に人はおらず、幸を見ている人は椎名しかいない。幸は今度こそはっきりと笑みを浮かべてうなずいた。

「うん。勤務表、確認してみる」

　階数ボタンを押す。軽く上げかけた手が上がりきらないうちに、扉が閉まった。宙ぶらりんになった手を、幸はきゅっと握りしめた。


　薄暮の空に、わずかな残照がしがみついている。水平線の上と下の色が融《と》け合って、境界がわからない。

　大きな窓から正面に海を望みながら、佳乃は朋章とのデートを楽しんでいた。いや、楽しむつもりだった。店の雰囲気はいいし、けんかの気配なんてかけらもないし、自慢の脚だって惜しげもなく出している。

だが、隣に座る朋章の表情だけが冴《さ》えない。

「最近、なんか疲れてるみたい」

佳乃は彼のこめかみのあたりに触れ、艶やかな黒髪をそっと梳《す》いた。影を取り払ってみても、表情の翳《かげ》りは消えない。テーブルランプの火影のせいでもないだろう。

「今ちょっとバイト忙しくてさ」

朋章は佳乃のなすがままにさせたまま、軽い調子で答えた。心配をかけるまいとしてか、ことさら明るい口調になって続ける。

「それよりどうなの？　妹」

「どうって？」

「大変じゃない？　いわゆる腹違いってやつなんでしょ」

家族に関する複雑なあれこれを、朋章にはすべて話してあった。父のことも、母のことも、すずのことも。

「うん。でも、なんか素直な子でさ」

正直なところ、こんなにすんなりなじめるとは思っていなかった。まだ互いに遠慮がないわけではないが、それもいずれは消えるだろう。この頃は、最初から四人姉妹だったような気がすることさえある。

だから朋章が唇を歪《ゆが》めて首を傾げた時は、きょとんとしてしまった。

「いやあ、そう見えるだけなんじゃないの？」

「なんで？」

注文したライスコロッケが運ばれてきた。だが今は、その味よりも朋章の言葉のほうが気になる。

朋章は気怠《けだる》げに頬杖をついて佳乃を見た。

「だって結局、遺産はいらないって言っちゃったんでしょ？」

「うん、お姉ちゃんがそうしようって」

父の遺産のことだ。実子である佳乃たち三姉妹には、当然、受け取る権利があった。しかし幼い子どもを抱えたあの頼りない陽子のことがあって、相続は放棄した。佳乃たちには家もあるし職もある。遺産は陽子とすずとで二等分ということになった。

「それで厄介払いもできちゃって一石二鳥じゃん、向こうにしてみれば」

たしかに、陽子という人間を意地悪く見ればそうかもしれない。だが母に似たあの人は、至らないところは多々あるけれども、そういうタイプとは思えなかった。

「いや、でも、それはすずが自分で……」

笑い混じりで言ったものの、思いがけず声が大きくなった。

「そう言われてたのかもよ」

「まさかあ」

笑い声が妙に乾いてしまう。なぜ朋章がこんなことを言うのかわからなかった。こんなことを言う朋章を、嫌だと感じてしまうのが嫌だった。好きなのに。楽しいデートのつもりだったのに。

「佳乃さん、人がいいからなあ」

海に目をやった朋章の呟きは、独り言のようだった。

佳乃は黙って視線を皿に落とした。ライスコロッケが冷めかけている。

その夜はなんとなく泊まらない流れになり、朋章に家まで送ってもらった。

「大きな家だねえ」

朋章は明かりの灯《とも》った門の前に立って家を見上げた。たくさんの植木に遮られて中の様子は窺えず、二階は闇に沈んでいる。

「でも古いから不便なのよね。夏はいいけど冬は寒いし。部屋に鍵ないし」

佳乃は最後の部分を冗談めかして強調した。

「ほんとに？　ありえねえ」

「ま、女子寮みたいなもんよ」

「ああ」

理解できたのかどうか、朋章は家をじっと見つめ続けている。まるでこの塀の向こうに、彼のほしいものがあるかのように。初めて見る表情だった。手を繋《つな》いでいる相手が急に別人になったようで、佳乃は戸惑った。

呼び慣れた名前を口にしようとした時、

「佳乃？」

横合いから声をかけられ、慌てて朋章の手を離した。振り向くと、ちょうど仕事から帰ってきたらしい幸が、様子を窺うように歩調を緩めて近づいてくる。

「ああ、おかえり」

「ただいま」

佳乃は朋章にすばやく耳打ちした。

「寮母さん」

それから幸にも聞こえる声で改めて紹介する。

「あ、姉です」

朋章と幸は軽く頭を下げ合った。

「どうも、藤井《ふじい》です」

「はじめまして。妹がお世話んなってます」

「いえ、こちらこそ」

朋章の両足はきちんとそろい、体はまっすぐ幸のほうを向いている。そうしていると、礼儀正しい好青年そのものだ。

「じゃね」

「じゃ、またね。おやすみ」

彼は佳乃に短く告げて歩き出したが、

「おやすみなさい」

「おやすみなさい。失礼します」

幸の言葉には振り返って丁寧に応じた。佳乃と幸は門の前にたたずんで、その後ろ姿が小さくなっていくのを見送った。沈黙の時間が、佳乃にはなんだか気まずい。身内に、それも堅い姉に、年下の恋人と一緒のところを見られるなんて。

先に動いたのは幸だった。にやりとして家に入っていく。

「え？　何よ？　ね、何、何、その顔」

佳乃はまとわりつくように後を追った。今の顔を見るかぎり、姉の朋章に対する印象は悪くなかったのだろう。今までの佳乃の恋人に対して、幸がこんな反応を示したことはない。

しかし佳乃の浮かれた気分は、次の幸の言葉で台無しになった。

「あんたにしてはまともじゃない」

「しては、ってどういう意味よ。あたしが変な男とばっかり付き合ってるみたいじゃない」

「そんなこと言ってないわよ」

落ち着き払った態度がますます癇《かん》に障る。どうしていつも、いちいちカチンとくることばかり言うのだろう。


千佳が居間で釣りの勉強をしていると、玄関の外でけたたましい声がした。

「何よ、それ！」

佳乃の声だ。時間からして、口論の相手は幸だろう。ふたりがやり合うのは珍しいことではないので、千佳はちゃぶ台に広げた釣り雑誌から目を離さなかった。書いてあるとおりに、手にした釣り竿《ざお》を振ってみる。

「シャッ」

引き戸が開く音がして、予想どおり幸の声が聞こえてきた。

「あんたが甘やかしてだめにしてるんじゃないのかってことよ」

どうやら争点は、佳乃の恋愛についてらしい。

「シャッ」

「甘やかしてるって、どういうことよ?」

「シャッ」

「お金貸したり、おごってやったり」

荒々しい足音が近づいてきて、佳乃が居間に入ってきた。

「おかえり」

「ただいま」

ぶっきらぼうに応じたものの、またすぐに玄関のほうへ向かって声を張り上げる。

「あたしが稼いだ金、あたしがどう使おうが勝手でしょ!」

「シャッ」

こういう時は関わらないのが一番だ。想像の釣り竿がいい具合にしなり、動作のこつがだんだん呑み込めてきた。

「だったらホストに振られたからって、酒くらって大暴れすんのやめてよね」

「お姉ちゃんにはわかんないわよ。酒飲む人間の気持ちなんか」

「わからなくてけっこうです」

幸の口調にも棘《とげ》が目立ってきている。

風呂から上がって居間にやってきたすずが、ぎょっとしたように立ち竦《すく》んだ。ほんのり染まった顔を不安げに曇らせ、首にかけたタオルをぎゅっと摑む。

「あー、むかつく！　風呂、先入ってやる！　たっぷり二時間」

「お風呂、お先です」

ぺこりと頭を下げるすずの横を、佳乃はどすどすと通り抜けていった。佳乃がもうここにいないとは知らず、幸の声が飛んでくる。

「靴はそろえてあがんなさいよね」

「シュッ」

かまわず釣りの勉強を続ける千佳の隣に、すずが膝を抱えて座った。風呂と玄関、それぞれの方向に、気遣わしげな目を向ける。

「だいじょうぶですか？」

「うん。ああ見えてあのふたり、いざという時は結束するから」

千佳が請け合ったところへ、幸が入ってきた。

「ただいま」

佳乃のように喚《わめ》いたり動作が乱暴になったりはしないが、声が普段より低く、眉間にしわが刻まれている。

「おかえりなさい」

「おかえり」

幸はちゃぶ台の上の重箱を見て、気を取り直すように息を吐いた。

「すず、おはぎ、どっちがおいしかった？」

大叔母が届けてくれるおはぎには、つぶあんとこしあんの二種類がある。

「んー、つぶです」

だよね、と幸がうなずく。これで、この家におけるつぶ派とこし派の比率は三対一になった。

「あたし、こしのほうが好きだけどなあ」

千佳はもう何個目になるかわからないおはぎに手を伸ばした。

「佳乃は？」

「今、お風呂入った」

「ええっ？」

口の中をいっぱいにした千佳がもごもごと答えると、幸の顔にたちまち不機嫌な色が戻った。風呂に向かって声を投げつける。

「ちょっと、なんで先入ってんのよ。あんた長いんだから、あとにしなさいよね」

すずはおろおろしているが、当の佳乃はふんっと鼻息でも飛ばしているだろう。ヒステリーとか何とか、姉を罵っているに違いない。

その時、突然、甲高い悲鳴が響き渡った。

「お姉ちゃーん！」

佳乃がほとんど泣き声になって助けを求めている。

うろたえるすずに対し、香田姉妹は落ち着いたものだった。

「もう、そんな大声出さないでよ。子どもじゃないんだから、もう」

叱りつつ風呂へ向かう幸の手には、丸めた新聞紙が握られている。

「カマドウマだね」

千佳はすずに説明してやった。

「カマドウマ？」

「知らない？」

「知らないです」

佳乃の悲鳴に混じって、どこ、と幸の声が聞こえてくる。何しろ古い家なので、虫が入り込んでくることは珍しくないが、そのたびに佳乃は大騒ぎして姉を呼び、幸は怒りながらも対処してやる。結局、いいコンビなのだ。

千佳は両肘を曲げて後ろに突き出し、カマドウマの後肢を表現した。

「なんか、こういうやつ」

「こういうやつ?」

すずが首を傾げて真似るが、うまく想像できないようだ。

「ああ、見に行こうか」

「えー」

「だいじょうぶだよー、だいじょうぶだよー」

「えー、何ー?」

千佳は立ち上がり、及び腰になるすずの手を引っぱった。

大叔母のおはぎを食べる。カマドウマに遭遇する。この家の秋の日常だった。

3

すずが目を覚ました時、部屋は真っ暗だった。十二月に入ってますます日の出が遅くなった上、雨戸を閉めていると外の光はまったく入らない。それでももう朝だという証拠に、隣の佳乃の部屋で目覚ましが鳴り、すぐに止まった。すずは思い切って布団から起き上がった。

パジャマの上に半纏《はんてん》を羽織って居間に下りると、幸が庭に屈《かが》んで花壇に水をやっていた。冬枯れの色が多くを占める中、水仙の黄色や南天の赤が目を惹《ひ》く。縁側に出たとたん、心臓がきゅうっと縮こまるような冷気に包まれた。

幸が笑顔で振り返る。

「おはよう、すず」

「おはようございます」

「寒いよ、今日は」

言葉とは裏腹に、幸はあたたかい雰囲気をまとっている。すずは縁側にしゃがみ、作業を再開した姉の後ろ姿を眺めた。まだ二十代なのに、義母の陽子よりもずっと大人に見える。だからこそ、甘えすぎてはいけないと思う。

部屋に戻って登校の準備を整え、再び下りてくると、千佳が台所の床に座り込んでいた。床下から樽《たる》のようなものを取り出している。近づいてみるとそれは漬け物で、床下の広い空間には、他にも様々な樽や瓶がずらりと並んでいた。梅干し、らっきょう、一番多いのは梅酒だという。

すずは千佳の隣に腰を下ろした。

「すごい。これ全部、梅酒なんですか？」

「うん。えっとね、こっちが去年ので、これが一昨年の。で、これがおばあちゃんの漬けた十年もの」

千佳がいちいち指差して教えてくれる。

「へえ」

すずは一つを持ち上げて陽にかざしてみた。梅の実が泳ぐように転がり、透き通った琥珀《こはく》色の液体が揺らめく。

「うわあ、きれい」

アルコールに興味がなくても心惹かれる。

すずはなんだか浮かれた気分で、仏壇にお供えのごはんと水を持っていった。鈴《りん》を鳴らして手を合わせる一連の動作も、すっかり慣れたものだ。

幸、千佳、すずの三人で食卓を囲んだ。居間のちゃぶ台が、この季節にはこたつに替わる。

「千佳、何にでもお醬油《しょうゆ》かけんのやめなさいってば」

いつものように幸が注意した時、階段を駆け下りるすさまじい足音がした。足音の主はひとりしかいない。佳乃は隣の仏間に走り込んでくるなり、姉妹で共用している鏡台に飛びついた。

「起こしてくれたっていいじゃないよ。まったく冷たいんだから」

「ごめん、佳乃さん」

すずは慌ててごはんを呑《の》み込んで言った。

「目覚まし鳴らないんだもん」

「鳴ってたよ」

「あたし、止めた？」

「うん」

自業自得、と幸は容赦がない。

「まずい。もう十分、過ぎてる」

佳乃は髪を梳《と》かしながら居間に来て、こたつ布団をめくった。

「ばたばたしない」

「うるさいな、もう。ねえ、あたしのリップ見なかった?」

すずは千佳と顔を見合わせ、声をそろえて知らないと答えた。幸は返事もしない。

立ったまま指で漬け物を摘《つ》まんだ佳乃の手を、幸がぴしっと叩《たた》いた。

「座りなさい、もう」

「そんな時間ない」

佳乃は反論しつつも膝をつき、指先を舐《な》めて箸を取った。行儀の悪さを咎《とが》めるように見た幸の声が、ふと尖《とが》りを帯びる。

「ちょっと、そのブラウス」

「ん?」

「私が買ってきたやつじゃないよ」

「あれ? そうだったっけ?」

佳乃はちらりと自分の体を見下ろしたが、悪びれる様子はない。きちんと座らず中腰のまま、茶碗を持ってごはんを口に運ぶ。

「やめてよね。脱ぎなさいよ」

「いいじゃない、今日だけ貸してくれたって。けち」

「だめ。私だってまだ着てないんだから」

幸も腰を浮かし、佳乃のブラウスを引っぱった。佳乃は身を捩《よじ》って逃れ、幸の体を押し返した。

「お姉ちゃん、この前、あたしのブーツ履いたじゃないよ」

「いつの話よ。似合わないって、それ、あんたには」

「え、ババくさかった？」

「ちょっと、勝手に着といてババくさいってどういうこと？」

幸が手を伸ばし、佳乃が振り払い、攻防は激しさを増すばかりだ。

千佳が我関せずとばかりに言った。

「すず、先食べちゃいな」

「うん」

すずもうろたえたりせず、にこにこ笑って眺めていられる。

「どういうことよって、ねえ？」

「こう、もっとチャラチャラしたのにしなさいよ」

一つしかない口で食事とけんかを同時にこなすふたりの姉は、やはり絶妙のコンビだと思う。

「いってきまーす」

「いってきまーす」

すずは佳乃と一緒に家を出たが、玄関を出たとたんに呼び止められ、追ってきた幸に封筒を渡された。

「すず！　これ、オクトパスの」

「あ、忘れてた」

「いってらっしゃい」

「いってきます」

今度こそ出発と思いきや、先に行った佳乃がバッグを探りながら戻ってきた。

「あ、ちょっと」

「え、何？」

幸の声が裏返る。

「お財布、忘れた」

「え？」

「あ、あったあった」

佳乃はくるっと体の向きを変えた。

「あ、ちょっ、いってらっしゃい」

「いってきます」

「いってきます」

すずと佳乃の声が重なった。すずにとっては三度目の「いってきます」だ。

門を飛び出したところで、はっとしたような幸の声が追いかけてきた。

「ちょっ、佳乃、ゴミ!」

「お姉ちゃん、よろしく!」

「気をつけて。転ぶわよ!」

仕事を押しつけられたというのに、姉はやっぱり姉だ。

佳乃が腕時計を見て舌打ちした。

「やばっ、もうだめだ」

「走れば間に合うよ」

言いながら、すずはもう走り出している。マフラーが後ろになびき、リュックが背中で跳ねる。大きなスポーツバッグが邪魔だが、それでもあっという間に佳乃を引き離してしまう。

改札口に飛び込んだすずは、振り返って姉を励ました。

「佳乃さん、早く。電車、来た」

佳乃も白い息を弾ませてがんばったが、電車が再び動き出すほうが早かった。

人がまばらなホームに並んで立ち、呼吸と身だしなみを整えていると、さっき橋の上で追い抜いたサラリーマンがやってきた。悔しいというより、なんだかおかしくなってくる。

「佳乃さん、間に合います？」

「え？　いいのよ。大した仕事じゃないから」

佳乃はあっけらかんと笑った。それからふと、いいこと思いついた、という顔になって、すずの目を覗《のぞ》き込んだ。

「すずさあ、そろそろ『さん』、やめない？」

「さん？」

「佳乃さん。よっちゃんでいいよ」

「あ、はい」

きょとんとしていたすずは、微笑《ほほえ》んでうなずいた。無意識に引いてしまう線を、自分から踏み越えるのは難しくて、向こうから引っぱってくれるのはありがたかった。

幸には叱られてばかりいても、佳乃もやはり大人なのだと思う。

「学校どう？　好きな子できた？」

「いや、そんなの……」

「早く作りなよ。世界が違って見えるよ」

「えー、どんなふうに？」

「くそつまんない仕事も耐えられる」

佳乃は腕を組み、自分の言葉にしみじみとうなずいた。すずは「ふうん」と応えたものの、よくわからなかった。


どうにか遅刻せずにすんだ佳乃は、地元の信用金庫の窓口で「くそつまんない仕事」に精を出していた。広くない店内は順番を待っている人たちでいっぱいだ。

「ありがとうございました」

立ち上がって客を見送ると、すぐにアナウンスが次の客を案内する。

「大変お待たせいたしました。五十六番の番号札をお持ちのお客様……」

「お待たせいたしました。五十六番でお待ちのお客様」

佳乃も自分の口で同じ言葉をなぞる。

いつものつまらない仕事のはずだった。しかし近づいてくる客を見て、佳乃は目を瞠《みは》った。朋章だ。見るからに柄の悪い男が、半歩後ろをついてくる。まるで監視しているように。

朋章は、目の前にいるのが佳乃であることに気づいていないようだ。そういえば勤め先は教えたことがなかったし、全員が同じグレーの制服を着ているから無理もない。第一、彼は佳乃の顔を見ていない。

「これ、解約したいんですけど」

朋章が差し出したのは、定期預金の通帳だった。後ろの男が薄笑いを浮かべた。

佳乃は思わず息を呑んだが、かろうじて営業スマイルを取り戻した。

「はい、かしこまりました。では、こちらの用紙のこちらとこちらとこちらにご記入ください」

慣れた業務だから、体も口も自然に動く。だが意識はまったくそこになかった。黙ってペンを動かす朋章と、柄の悪い男とを、交互に何度も見てしまう。普通の関係とは思えなかった。朋章に金を貸したことが急に気になった。心臓が嫌なリズムを刻んでいる。

佳乃は休憩時間を待ちかねて屋上に出た。この季節にここに寄りつく人間はまずいない。雨上がりで鉛色の雲が垂れ込めている日はなおさらだ。

それでも周囲を気にしながら、佳乃は携帯電話を耳に押し当てた。留守電に録音された朋章の声が告げる——もう少しましな男《ひと》、探してください。

それだけだった。説明も弁解もない。ちゃんとした別れの言葉さえ。

真っ白になった頭の片隅に、やっぱり、という思いがあった。朋章はあの柄の悪い男に金を渡していたに違いない。窓口では佳乃に気づいていないように見えたが、あれは演技だったのだ。

佳乃はすぐに朋章に電話をかけた。やけにのろく聞こえる呼び出し音が何度か鳴り、やがて自動音声のアナウンスに切り替わった。朋章は電話に出られないそうだ。意味もなく歩き回りながら、もういちどかけた。水たまりを踏んでしまい、パンプスが汚れた。朋章はやはり出ない。

この頃バイトが忙しい様子だった。表情に翳《かげ》りがあった。すずを引きとったことや遺産を放棄したことについて妙に絡んできたかと思えば、佳乃の家を食い入るように見つめていた。今にして思えば、すべてが何かのサインだったのかもしれない。

だがその何かを見抜くための情報を、佳乃は持っていなかった。朋章の生い立ちも家族も知らない。自分のことはあまり話したがらなかったから、あえて訊《き》かずにきた。

楽しい時間を共有するには、互いに知りすぎないほうがいいと思っていた。そういう関係を選んできてしまった。

もう少しましな男を――感情を殺したような低い声が鼓膜にこびりついている。朋章は自分自身が嫌いなのだろうか。もしかしたら、もうずっと前から。混乱の中、なぜか一つだけ確信できることがあった。彼は二度と佳乃の前に現れないだろう。

佳乃は携帯を持った手をだらりと下げた。耳がじんじん痛かった。


「でもさあ、山野井《やまのい》さんなんか指十本なくしても山登ってたんですから」

「そうですよ。浜田さんもまた行きましょうよ」

小さなクリスマスツリーが飾られた一角を、千佳はちらりと横目で見た。さっきから熱心に浜田を口説いているのは、この店の常連でもある、彼の昔の登山仲間だ。

「いや、でも、みんながあんなふうにできるわけじゃないよ」

浜田は繰り返しやんわりと断っているが、彼らはなかなか諦めない。それだけ仲間意識が強いのだろうが、千佳としては複雑な気分だ。

浜田はかつてエベレストで遭難し、足の指を凍傷で六本も失った。それでも命があったのは奇跡だと聞いている。また山に登るということは、また事故に遭うかもしれないということで、その時にまた奇跡が起きるとはかぎらない。

「これ、よくね？」

風太の声に意識を引き戻された。彼は展示されていたシューズを取り、椅子に腰かけたすずのところへ持ってきた。すずが新しいシューズを見たいというので、オクトパスのメンバーのうち仲のいい四人で連れだって来たという。応対は千佳が引き受けていた。

「え、それ、おまえのと一緒だよ、色違い」

将志が振り向いて指摘する。

「え、うそ」

「ほら。お、まさか」

「そういうんじゃねえよ」

にやにやする将志に、風太が食ってかかった。

「マサがよけいなこと言うから」

女子のほうが大人で、美帆は呆《あき》れ顔でため息をつき、すずは気にせず薦められたシューズを吟味している。

その間も、千佳の耳はつい浜田たちの会話を追っていた。また山に挑むかどうか、決めるのは浜田自身だ。やりたいなら邪魔はしたくない。けれど、怖い。

すずがシューズを履いてみようと脚を上げたので、千佳ははっと我に返った。妹の小さな膝頭にぽんと手を当てる。

「後で応援、行くからね」

「はい」

「店長も行きますよね、試合」

声をかけると、浜田はこちらに顔を向けた。同じピンクのTシャツを着た彼と目が合い、なんだかほっとした。

「うん、行く行く。がんばって」

「はい、ありがとうございます」

すずが軽く頭を下げると、赤いゴムで括《くく》った前髪がぴょこんと揺れた。今ではすっかりトレードマークだ。見ると元気が湧いてくる気がする。

千佳はそれを軽く引っぱった。

「がんばってね」


つかつかとナースステーションに戻った幸は、開口一番に尋ねた。

「ねえ、アライさん見なかった？」

「ん？　さっきまでそこいたけど」

同僚が苦笑いで応じ、師長が首を傾《かし》げる。

「え？　また何かやらかした？」

「二一一号室の佐藤《さとう》さん、尿量一二〇リットルって、これ、ありえないですよね？」

幸は手にしたバインダーに目を落とし、憤然とため息をついた。まだ新人とはいえ、記入する時に疑問を感じなかったのだろうか。

「そりゃすごいわ」

「もう、笑いごとじゃないわよ」

けらけら笑う同僚を軽く睨《にら》み、幸はもういちどため息をついてナースステーションを出た。怒っている間にも、やるべきこと、できることはいくらでもある。

その人を見かけたのは、いくつかの仕事をすませて待合室を通った時だった。

「二ノ宮さん」

ソファの端に座った彼女に、近づいて声をかける。海猫食堂の店主は驚いたように顔を上げ、幸だとわかると打ち解けた笑みを浮かべた。

「ああ、さっちゃん。お久しぶり」

「お久しぶりです。どうかなさったんですか?」

二ノ宮は丸めたコートを抱え直した。

「ああ、最近、時々胃が痛くて」

「あら、それはよくないですねえ」

幸は傍らに浅く腰かけた。

「まあ、母親が亡くなったり、いろいろあったから」

「もうすぐ一年ですねえ」

彼女の母親もこの病院にかかっており、入院生活を経て息を引き取った。母と娘とふたりきりで暮らしていたから、寂しさはひとしおだったろう。

二ノ宮はコートを脇によけ、心持ち前のめりになった。

「また来てちょうだいよ、お店」

「ええ。懐かしいな」

幸が笑ってうなずくと、二ノ宮の顔もほころんだ。

「ああ、そうそう、この前、来てくれたわよ。すずちゃんって言ったっけ?」

「はい。とってもおいしかったって、アジフライ」

「明るくて元気な子ね、よく笑うし」

二ノ宮は何か思い出したのか、腿《もも》を叩いて笑い声を立てた。

一方、幸は自分の笑顔がこわばるのを感じた。

「……そうですか？」

「うん、もうすっかりお店の人気者よ」

「ならよかった」

笑みを深くしながらも、戸惑いを抑えきれない。明るくて元気。よく笑う。それが海猫食堂におけるすずのイメージなのか。たしかに暗い性格ではないが、どうも違和感がある。よく気がつく礼儀正しい子ね、と言われたのなら、すんなりうなずけるのだけれど。

幸が帰宅した時、三人の妹はこたつに集まっていた。ただし佳乃は畳に横になり、千佳は突っ伏して、起きているのはすずだけだ。こたつの上には酒瓶やらビールの缶やらつまみやらみかんやらが散乱していて、わずかに残ったスペースに、すずが辞書とノートを広げている。

すずはシャーペンを動かす手を止めて顔を上げた。

「おかえりなさい」

「ただいま。うー、寒っ」

幸はコートを着たままこたつにもぐり込んだ。

「勉強できなかったんじゃない？」

「佳乃さんが、途中、荒れ始めて……」

すずはわずかな間を置いて、ためらいがちに答えた。

「どうせまたふられたんでしょ。懲りないのよ、何度、失敗しても」

佳乃は出勤した時の服装で、化粧も落としていない。よく見れば、目もとが少し滲《にじ》んでいる。幸はめくれたブラウスを直してやった。

「風邪ひくよ、ほら、着替えて寝ないと」

「いい……もうこのまま寝る」

むにゃむにゃした佳乃の声に、同じような千佳の声が続く。

「このままでいい……おやすみ」

「千佳まで何言ってんのよ、まったくもう」

千佳はパジャマに着替えてこそいるものの、羽織った半纏がずり落ちそうだ。丸くなった背中をさするように揺すってみたが、まぶたが上がる気配はない。

すずが静かに勉強道具をまとめて立ち上がった。

「じゃあ、おやすみなさい」

今やってしまわなければならないことではなかったらしい。酔って寝てしまった姉たちを放置できず、幸の帰りを待っていてくれたのだろう。

「うん、おやすみ」

足音を立てないように歩いていくすずを、幸は首を巡らして見送った。明るくて元気な子ね、よく笑うし――二ノ宮の言葉が耳に残っている。

「すず」

思わず呼び止めていた。畳に手をついて身を乗り出す。

「困ったことがあったら、何でも言ってね」

「はい。ありがとうございます」

すずは丁寧に答えて頭を下げた。

残された幸は、だらしなく眠りこける佳乃と千佳を見つめた。リラックスしきって、遠慮のえの字もない。

幸はこたつの上を片づけ始めた。空き缶がやけに重く感じた。

よく晴れた土曜日、グラウンドへ続くまっすぐな道を、すずはいつものメンバーとともに歩いていた。頭上には紅葉の屋根、足もとには紅葉の絨毯《じゅうたん》。ひらりひらりと舞う赤い葉は、まるで空から降ってくるようだ。

「あ、これ。プレミアの」

風太が思い出したようにＤＶＤを差し出した。海外のサッカーの試合を収録したものので、貸してもらう約束をしていた。

「あ、ありがとう」

声を弾ませるすずの隣で、美帆が天を仰いで息を吐く。

「あー、いつかかっこいい男の子とこういうとこ歩きたいなあ」

「みぽりん、乙女だからなあ」

笑うすずとは対照的に、風太と将志は口をへの字に曲げた。

「悪かったな」

「ああ、こっちの台詞《せりふ》だよ」

「なあ」

「なあ」

ふたりでうなずき合い、歩調を速めて前に出る。

すずたちも小走りになって追いかけた。くくった前髪がぴょこぴょこ跳ね、一緒に気持ちも弾む気がした。これから臨む練習試合に向けて、コンディションは上々だ。

　オクトパスのユニフォームに身を包んだすずは、グラウンドを存分に駆け回った。チームメイトの動きもいい。しかしなかなか点が取れず、千佳と浜田をはじめ、サポーターたちはやきもきしている様子だ。

○対○のままハーフタイムになり、監督のヤスが身振りをまじえてアドバイスを与える。

「流れはな、悪くないから。浅野、向こうのマーク、スピードないからな、一対一しかけてけ」

「はい」

「尾崎は前空いたらどんどんスペース走り込め」

「うす」

　すずと風太には名指しで指示があった。入団テストの時はすずからのパスを風太が決め損ねたが、この頃はコンビネーションがとてもうまくいっている。

　後半が始まり、美帆が大きくボールを蹴り上げた。

「あがって」

「空いてるよ、浅野、浅野」

　風太の声が聞こえた直後、すずの足にぴたりとボールが吸いついた。すぐさまマークにくる相手を、ドリブルで右に左にかわす。目の前に白い壁が立ちはだかった。敵チームのユニフォームだ。

「浅野、へい」

風太の合図は絶妙のタイミングだった。パスを出して壁をすり抜けたところへ、やはりタイミングよくパスが返ってくる。ワンツーから、すずのシュート。

「オッケー、浅野！」

歓声の中、ヤスの声がひときわ高らかに響いた。ベンチメンバーも総立ちになり、千佳と浜田は手を取り合ってはしゃいでいる。

ハイタッチを交わしたすずと風太は、たちまちチームメイトにもみくちゃにされた。汗と土の匂いがして、てのひらがじんじんした。

「ターミナルケア病棟、ですか？」

師長から会議室に呼び出された幸は、渡された資料に目を落とした。ターミナル、すなわち終末期。その病棟では、もう治癒することはない患者の痛みや不安に対するケアを行う。

「以前から要望が多くてねえ。来年の秋から五階に二〇床、開設することになったの」

　師長は穏やかに言って、幸の向かいに腰を下ろした。

「この話が具体的になった時、真っ先にあなたの顔が浮かんだの。どうかしらね？　少し考えてみてくれない？」

「……はい」

　即答はできなかった。必要で大切な医療だと思うし、見込んでくれたのは嬉《うれ》しいが、覚悟の要る仕事だ。

　その夜、幸は椎名の家を訪ねた。彼は妻と別居しているため、時々こうして夕食をともにすることができる。インターホンを使わずにマンションのオートロックを解除し、勝手知ったるキッチンに立つ。冷蔵庫の中は、ほとんど幸が持ち込んだものばかりだ。

　幸の話を聞いて、医者である椎名は複雑な顔をした。

「看取《みと》る医療は大切だけどさあ、亡くなるってわかってる患者と向き合うのは、けっこうきついよ。おれは小児科だから、やっぱり少しでもたくさんの命、救いたいもんな」

「うん」

「よく考えて決めたほうがいいよ」

「うん、そうする」

幸はポテトサラダのおかわりをよそい、リビングのローテーブルに置いた。椎名はソファを背にして絨毯にあぐらをかいている。その向かいが幸の指定席で、平べったいクッションは、幸が正座をした足の形にすっかりなじんでいる。

椎名はさっそくポテトサラダを口に運んでから、話題を変えた。

「そうだ、明日なんだけど……」

「うん、ナイトアクアリウム。江《え》の水《すい》の」

幸は思わず前のめりになった。傍らに干してあるひとり分の洗濯物が揺れる。

「それがさあ……」

彼の歯切れが悪いことに、ようやく気がついた。胸の底が冷たくなる。

「向こうのお義母《かあ》さんから連絡があって、彼女、不安定んなってるらしいんだよ」

椎名の妻は心を病んでいる。夫が忙しくてあまり家にいられないことが原因だったらしい。彼女は実家で暮らしているが、精神が不安定になると母親から椎名に連絡があり、椎名は会いに出かけていく。

「また入院したの？」

「いや、そこまでじゃないんだけど、ちょっと様子見てくるよ。……ごめんな」

「ううん、そうしてあげてください」

幸は無理に口角を上げて首を振った。それ以外にどうしようがあるだろう。しかたない。彼らは夫婦なのだから。病気の妻を見捨てられない彼の気持ちもわかる。

だが頭ではわかっていても、嫌な感情が湧き上がるのを抑えることはできなかった。つい妻を責めてしまう。そのくらいで壊れないでよ、と思ってしまう。楽しみにしていたデートの日に限って狙いすましたように具合が悪くなるなんて、本当に病気なのかとか、わざとやっているんじゃないかとか。彼女がただの患者だったら、絶対にそんなふうには思わないのに。

幸は味噌汁《みそしる》を口に含み、自分を納得させるように小さくうなずいた。しかたない。飲み込んだ味噌汁が喉に詰まるようだった。

帰宅した幸は、一つ息をついてから門を開けた。闇に沈んだ庭に、南天の赤い実がひっそりと隠れている。その枝を何本か手折り、ただいま、と玄関を開けると、台所のほうから佳乃と千佳の声が聞こえてきた。

「すずー、だいじょうぶ？」

「すずー。どうしよう」

姉が帰ってきたことに気づいていないようだ。

幸は南天を花台に置き、慌てて台所に飛び込んだ。すると、テーブルに両手を投げ出して突っ伏したすずを、佳乃と千佳が心配そうに見下ろしていた。

「すず?」

千佳が郵便物で顔を扇《あお》ぐ。

「どうしたの?」

「あ、お姉ちゃん」

幸を振り返って、千佳はほっとしたように眉を開いた。

「ゴール決めたお祝いにね、ふたりでちょこっと飲んだんだけど……」

蓋が開いたままの梅酒の瓶を指差す。

佳乃が苦笑いを浮かべて説明を加えた。

「あたしが自分用に焼酎しこたまブチ込んだやつ」

「一番、色が薄かったから」

千佳もばつが悪そうだ。

幸はふたりをかき分けて、すずの顔を覗き込んだ。真っ赤になって目を閉じている。

「どんぐらい飲んだの?」

「これ一杯だけ」

千佳がグラスを持ち上げた。大した量ではない。

「すず？」

幸はすずの背に手を当て、耳もとで呼びかけた。すると、ぐったりしていた体がかすかに動き、薄く開いた唇から唸《うな》るような声が漏れた。

「陽子さんなんて大きらい！　お父さんの、バーカ！」

呂律《ろれつ》が回っていないが、何かが破裂するような言い方だった。破裂したのはきっと、胸に抱えていた袋。表に出せない感情を押し込んで、口を堅く縛っていたのだろう。

三人の姉は目を見交わした。

突然、すずがばっと起き上がった。サロペットの肩紐《かたひも》が落ち、肌の見える部分はどこもかしこも真っ赤だ。

「あつい……てか、きもちわるい……」

「あー、ちょちょちょ、ちょっと我慢して！　よいしょ」

えずきそうになったすずを、千佳が後ろから抱えるようにして立たせた。とはいえ、すずの足にはほとんど力が入っておらず、半ば引きずる形で廊下に連れ出す。

「ガマンガマンガマン。だいじょうぶ？　こっちこっちこっちこっちこっち」

「こっち。あ、ちょっとちょっとちょっと」

「どこ?」

「いーたーいー」

気をつけて、と佳乃が声をかけたが効果はなかった。あっちへよたよた、こっちへよたよた、壁にぶつかりながら、どうにかトイレにたどりつく。

「あの子、やっぱり煮つまってたのねえ。いろいろあったから」

佳乃が頬に手を当ててため息をついた。同感だが、幸には別の感想もあった。

「乱れ方があんたそっくり」

「あたしはあんなに暴れないわよ」

反論する妹の顔をまじまじと見つめると、佳乃は気まずそうに目を逸《そ》らした。


水底から浮かび上がるように、意識がゆるゆると覚醒しつつあった。心地よい闇の中、遠くで姉たちの囁《ささや》き声が聞こえる。

「あ、笑った」

「ねえ、こんなところにホクロがある」

「ほんとだ」

「睫毛《まつげ》、長いね」

「耳の形、お姉ちゃんと似てる」

「ほんと?」

すずはゆっくりと目を開けた。三人の姉が覗き込むようにして見下ろしていた。どうやら自分の布団に寝かされているらしい。

「ごめんね、すず」

千佳がくしゃっと顔を歪《ゆが》めた。そういえば千佳とふたりで梅酒を飲んだのだっけ、とぼんやり思い出す。目が回って気持ち悪くなって、そこからの記憶はほとんどない。

「千佳もだめだけど、すずもだめでしょ」

幸に叱られ、すずはちょっと唇を尖らせた。

「だって、自分ちで作った梅酒、飲んでみたかったんだもん」

目を伏せて小さな声で言うと、幸はかすかに笑ったようだ。

「わかった。来年、実がなったら、すず用にアルコール抜きのやつ作ってあげる」

「あの梅ってうちで取れたの?」

すずはまた幸のほうを見た。幸だけでなく、佳乃も千佳もにこにこしている。

「うん、そうよ」

「こっからも見えるじゃん、梅の木」

「気づかなかった？」

「うん」

すずは枕の上で首を捻《ひね》り、姉たちの視線を追った。幸に支えられて重い体を起こし、窓に近づく。

「ほら、あそこ」

障子を開けた幸が、たくさんある庭木の一本を指差した。今は葉も花もなく裸ん坊だが、月に照らされた枝は堂々と張り出している。たしかに毎日、目に入っているのに、気に留めたことがなかったし、それが梅だとも知らなかった。

「けっこう実がなるのよ」

「へえ」

「実もなるけど、毛虫もつくんだよ」

佳乃が後ろから脅かすように言う。

「すごーい。早く取りたいなあ」

「え？　毛虫を？」

「違うよ、梅の実」

千佳の冗談に、すずは少しばかりむきになって答えた。姉たちがささやかな笑い声を立てる。

「毛虫とったり消毒したり、生きてるものはみーんな手間がかかるの」

「あ、それ、おばあちゃんの口癖」

幸が噛《か》みしめるように言うと、千佳がすぐに反応した。姉たちの母が出ていった時、千佳はまだ小さかったというから、彼女は祖母に育てられたようなものなのだろう。この家にはいろんなものがつまっている。

「まだ半年も先だけどね」

「でも楽しみ」

佳乃の言葉に、すずは笑顔で振り返った。いつのまにか敬語が抜けていることに、今になって気がついた。

千佳が両手で奇妙な動きをしてみせる。

「こうやってね……プス、プスプス、プスプスプス」

梅の実に竹串のようなもので穴を開けている、のだろうか。手の形や仕種《しぐさ》からすると、そんな感じだ。

「そうそう、味がよくなるようにね」

佳乃もうなずいて同じ動きをする。

「何それ?」

すずも首を傾げつつ真似をした。

「プスプス、プス」

よくわからないが、なんだか楽しくなってくる。自然に零《こぼ》れた笑い声に、姉たちの笑い声が重なった。声は次第に大きくなり、遅くまで絶えることはなかった。

4

青い布を敷いたような春の海に、小さな漁船が見えた。

「あ、来た」

将志が一番に、間を置かず美帆と風太が声を上げる。漁港の端に横一列に並んだすずたちは、近づいてくる船に向かって大きく手を振った。船を操っているのは美帆の父で、彼ら漁師は、毎年この時期を心待ちにしているという。

船には巨大なバケツがいくつも積んであり、あふれんばかりの小魚が入っていた。名物のしらすだそうだ。

「わあ、重ーい」

「え、これ、どこまで行くの？」

「顔が必死だよ」

「ここでいい？」

すずと風太はバケツを両側からふたりで持って、よたよたと港に降ろした。ほんの数メートル運ぶだけで大騒ぎだ。将志と美帆も同じようにしているが、足もとをゴム長靴で固めた美帆は、他の三人よりきびきびしている。

すぐに作業場に移動し、美帆の父が獲《と》れたてのしらすを丁寧に洗う。それを人が入れそうな釜に放り込み、ぐらぐら煮立った熱湯で茹《ゆ》でる。茹で加減、塩加減は、長年の勘と経験で決めるのだそうだ。

腕まくりをしてエプロンを着けたすずは、釜から取り出されたしらすを外に運んだ。もうもうと立ちこめる湯気で視界が白くなり、たちまち顔が湿る。これといって味付けをしたわけでもないのに、びっくりするほどいい匂いがする。

表では美帆の母をはじめ女の人たちが、茹で上がったしらすを天日に干すのに忙しい。美帆と将志と風太の三人も手伝っていて、その手つきは慣れたものだ。

「ベテランですから」

「そうだよ。これ歴、長いからね」

「そんな長くないけど」

将志と風太が交互に言う傍らで、すずもしらすを広げた。海藻などが混じっていないか、丁寧にチェックする。

「できた」

「あ、したら、オッケー」

確認した美帆は、今度は将志と風太の手もとに目を向けた。

「え、でもほら、ここらへんがだめなんだよ」

ちらりと見ただけで指摘され、彼らの肩がとたんに窄《すぼ》まる。やはり漁師の娘には敵《かな》わないようだ。

「ありがとう、助かった」

美帆の父はお礼にと、ビニール袋にいっぱいのしらすを持たせてくれた。茹でる前の生のもので、すぐに傷んでしまうため、味わえるのはちょっとした特権らしい。

「ありがとうございました」

「お邪魔しました」

口々に告げて自転車に跨《また》がるすずたちを、美帆が見送る。

「ありがとう」

「お土産ありがとう。じゃ、また」

「はーい、袋破かないように」

美帆はいつもしっかりしていて面倒見がいい。一方で夢見がちなところもあって、すずはそんな彼女が大好きだった。家、サッカー、しらすの匂い、友達――好きなものが増えていく。

家に帰ると、たまたま休みが合ったらしく姉たちがそろっていた。彼女らはすずの土産に歓声を上げたが、昼時なのに支度をしていなかったところを見ると、最初から期待していたのかもしれない。

幸が台所に立ち、すずがちゃぶ台に食器を並べているところへ、佳乃が普段着の上からスーツを着て現れた。職務が変わったので新調したという。

「どう？」

佳乃はちゃぶ台の周りをファッションショーよろしく歩き回った。

「いいじゃん」

「ほんと？」

「できるＯＬの人みたい」

「まじで？」

千佳とすずの賞賛を受けて、すっかりご満悦の様子だ。千佳が佳乃の新しい名刺を見て、たどたどしく役職名を読み上げた。

「ねねねねねね、このさ、融資課長席付お客様相談係って、要するに何？」

「んー、要するに、これからは課長について外回りもありってことよ」

「ふうん」

佳乃は得意気だが、千佳はぴんとこなかったようだ。すずも同じで、黙って食器を並べ続ける。

幸が昼食を運んできた。

「仕事に生きるんだ」

「そうよ。悪い？」

「悪いなんて言ってないわよ。本気ならね」

はい、と幸は丼をそれぞれの席に置いた。ごはんの上に、すずがもらってきた生しらすがたっぷり、それに卵とねぎとのりが載っている。みんなが絶賛していたしらす丼だ。

やった、と千佳が手を叩いた。彼女の分だけは釜揚げだ。おはぎと同じで、ひとり好みが違うらしい。

しらす丼に夢中の妹たちをよそに、上のふたりは会話を続けている。雲行きがどんどん怪しくなっていくのは、いつものことだ。

「本気ですよー」

「男にふられて逃げ込んでるんだったら甘いからね」

「そりゃあ、仕事一筋うん十年の人には敵いませんけどね」

佳乃は片膝を立てて行儀悪く座り、鼻で笑った。とたんに幸が気色ばむ。

「何よ、その言い方。だいたいあんたはね……」

「いただきまーす」

ぴったり重なった千佳とすずの声が、幸の言葉を遮った。手を合わせるふたりを見て、幸は佳乃への文句を呑み込んだ。

「どうぞ」

すずが一口目を口に運ぶ様を、三対の目が食い入るように見守る。

「どう？」

「おいしい……」

「でしょ？　生しらすなんか他じゃ食べらんないからね」

感想を聞くなり、佳乃の顔が輝いた。幸もにこにこしていて、ついさっきまでけんかをしていたのが嘘《うそ》のようだ。

「初めて？」

やっぱり嬉しそうな千佳に訊かれ、すずははっとそちらを向いた。

「はい。……あ、うん」

再び丼に視線を落とし、とっさに出てしまった敬語を訂正する。

「だよね」

千佳の満足げな声を聞きながら、丼を口まで持ち上げて一気に箸を動かした。

「佳乃、ちゃんと座る！　脚！　すず、かき込まない！　もう、千佳がそうやってやるからでしょ」

耳から入った幸の声が、胃に溜《た》まっていくような気がする。親身になって叱ってくれる人。すずがおいしいと言うのを喜んでくれる人たち。

大好きなのに。ううん、大好きだから。

すずはぐっと丼を傾け、ごはんの塊を飲み込んだ。

昼食の後は、みんなで障子の修繕をすることになった。破れたところに別の紙を宛がって貼りつけるとのことで、すずにとっては初めての経験だ。

居間の畳は、広げた新聞紙、様々な色や模様の紙、糊《のり》や鋏《はさみ》などでいっぱいになった。千佳が障子の穴に縁側のほうから春らしい柄の紙を当て、佳乃がそれを居間から見て指示をする。

「ちょっと上。あ、もうちょっと下。わかったわかった、たんぽぽが入ってるほうがかわいい」

「たんぽぽ」

「ちゃんと大きさ見てから切りなよ、千佳」

すずも真似をして穴に紙を当てた。鋏を手にどんな形に切り抜こうかと考えていると、右の頬に幸の眼差《まなざ》しを感じた。

彼女は慈しむように微笑んで、障子の枠に刷毛《はけ》で糊をつけていく。すずは立ち上がって手もとを覗き込んだ。姉の白い手は、春の日を浴びて輝くようだ。やわらかな動きは、洗濯物がそよ風に揺れる様を想像させた。惹きつけられ、いつまでも見ていたいような気になる。

作業は夕方までかかり、夕食は久しぶりに海猫食堂でと決まった。発案者は幸で、少し前にたまたま店主の二ノ宮に会って招かれていたのだが、なかなか行けずにいたのだという。

海猫食堂に向かう途中、茜色《あかねいろ》に染まる浜辺に降りた。佳乃と千佳が裸足になったので、すずも倣った。渚《なぎさ》を歩くと、波が打ち寄せて足をくすぐる。沖の景色は光に融《と》けてよく見えない。

「えいっ」

足首まで浸かった千佳が水を蹴り上げ、きらめく飛沫《しぶき》があたりに散った。

「ちょっとやめて、ほんとやめて、千佳！」

傍《そば》にいた佳乃が悲鳴を上げて飛び退《の》き、その慌てぶりを波音が笑う。

すずは足もとに目を凝らした。

「貝、あるかなあ」

隣を歩く幸が、すずの肩を抱き寄せた。なんだか子どもになった気分だ。

砂浜に映る影が一つになっている。少し後ろから、佳乃と千佳のふざけ合う声、砂と波を踏む音が絶えず聞こえる。

佳乃の声のトーンがふいに変わった。

「見て見て」

振り返ると、佳乃は少し腰を屈めて地面に顔を寄せていた。

「すずの足」

どうやらすずの足跡を見ているようだ。自分の足跡を並べるように、一歩一歩、砂を踏みしめる。千佳も近づいて同じようにし始めた。幼い頃はこんなふうに、何でも妹が姉の真似をしていたのだろう。姉妹のいる同級生から聞いたことがある。

「ちっちぇーなー」

すずはぴょんと跳ね、両足そろった跡をつけた。すると佳乃たちとは逆に、幸がすずの真似をして、隣に両足の跡をつけた。すずは特別に小柄なわけではないが、姉に比べるとたしかに小さい。

「かわい」

幸がくすりと笑った。

海猫食堂には他に客はいなかった。

「こんばんはー」

「あ、いらっしゃーい」

カウンターを拭いていた二ノ宮が顔を上げ、軽く瞠った目を輝かせた。

「あら、みんなそろってなんて初めてじゃない？」

「久しぶりに食べたくなっちゃって」

「嬉しいわ、思い出してくれて」

幸が腰を下ろして応対している間に、すずは全員分の水を取りにいく。オクトパスのメンバーで何度か来るうちに、セルフサービスの手際もすっかりよくなった。

千佳と佳乃は座りもせず、壁に貼られたメニューを見回している。

「何にしよっかなあ」

「あたし、とりあえずビール」

はい、と二ノ宮の張りのある声。

「あとアジの南蛮漬け」

「あ、ごめん、よっちゃん。南蛮漬け、今日、終わっちゃった」

カウンター越しにビールを受け取りながら残念そうな声を上げる佳乃をよそに、幸が先に注文する。

「じゃあ、私はアジフライ定食。で、ビール」

「おっ、珍しいね。じゃ、あたしもそれで」

佳乃は幸を振り返り、気を取り直したように告げた。

「私も」

すずが幸の隣に座って言うと、幸がおどけて釘を刺す。

「すずはビール、だめだからね」

「わかってますよー」

すずはいーっと口を歪めてみせた。

「んー、憎たらしー」

両の頰を片手で絞るように摑《つか》まれ、唇の形がひよこのくちばしみたいになる。

そうやってふざけ合っているところへ、二ノ宮がグラスを持ってきた。ようやく席についた佳乃が、グラスと引き替えに名刺を手渡す。

「おばさん、これ」

「え？」

老眼なのか、二ノ宮は名刺を少し遠ざけた。

「あら、偉くなっちゃって」

「そんなことないんだけど」

佳乃は謙遜してみせたものの、やっぱり得意気だ。

二ノ宮の目がふとすずの傍らに向いた。テーブルに置いたビニール袋には、さっき浜辺で拾った貝殻が入れてある。

「海、行ってきたの？」

「あ、はい」

すずが袋を持ち上げると、佳乃が横からからかった。

「子どもよ、子ども」

「あら、よっちゃんだって昔は貝殻こうやって並べてたわよ」

二ノ宮はテーブルにものを並べる仕種をした。

「えー、あたしが？」

「そうよ。テーブルの上、砂だらけにして怒られて」

代わって答える幸は、当時の気持ちに帰って説教を始めそうだ。まあまあ、とばかりに、佳乃が幸のグラスにビールを注《つ》ぐ。

二ノ宮は懐かしそうに目を細めた。

「千佳ちゃんなんてね、そこでおもらししちゃって」

「そうそう、大変だった。私、着替え取りに家まで走って」

「やめてよ」

座ってなおメニューを睨んでいた千佳は、急に矛先を向けられて苦笑いした。区切りを付けるように、二ノ宮がぽんとその背を叩く。

「で？　千佳ちゃんは何にすんの？」

「ん、どうしよう」

佳乃が自分で注いだビールを片手に、もう片方の手を妹の肩に回した。

「あたしが決めてあげようか。じゃあねえ……」

「もう、やだよ」

千佳は遮ったものの、相変わらず決められずに唸っている。

幸と佳乃がグラスを合わせた。澄んだ音がして白い泡が揺れる。

すずは水を口に含んだ。姉たちは三人とも二十歳を超えているのだと、今さらながらにふと思った。

学校へ向かう坂道には、立派な桜の木がある。右手から頭上を覆うように張り出した枝は、少し前ならピンクの屋根のようだったろう。

緑が混じり始めた枝の下を通っている時、風太が追いついてきた。

「浅野ー」

「あ、おはよう」

肩にかけたスポーツバッグが重たげなのはお互い様だ。加えて風太はネットに入れたサッカーボールを提げている。始業式の今日は、オクトパスの練習時間がたっぷり取れる。

「担任、誰がいい？」

「担任？　まあ、大沢《おおさわ》以外なら」

「それはやだね」

並んで歩いていると、後ろから走ってきた男子が、ふたりを追い越したところで体ごと振り向いた。

「おいおい、尾崎、聞いたぞ」

笑いながらそれだけ言って、また走っていってしまう。

「え？　何？」

「何が？」

「よくわかんない」

すずはもちろん、風太も首を捻るばかりだ。

学校に着くと、掲示板の前にはすでに人だかりができていた。新しいクラス分けが貼り出されているのだ。

同じクラスになったことを喜び合っている友達を見つけ、すずは肩を叩いた。

「おはよう」

「あ、おはよう。すずも一緒だよ」

「わあ、ほんとだ！　やったあ」

確認して飛び跳ねるすずの傍らで、風太が掲示板を指差す。

「あ、ほら、おれも一緒だ」

「えー」

「なんだよ、えーって。意味わかんね」

ちょっと膨れた風太の背中を、駆けつけてきた将志が勢いよく叩いた。

「風太、よかったな、風太。浅野と一緒で」

「え、なんで？」

「おまえら、付き合ってるんじゃないの？」

振り返ったすずと風太を、将志はにやにやして指差した。

「は？　何言ってんの？」

一瞬の空白の後、ふたりは同じ言葉を返した。風太のほうが少し遅い。

「え、おれ、みんなに言っちゃったんだけど」

すずはぽかんと口を開けた。登校中に、聞いたぞ、と声をかけてきた男子の顔が浮かぶ。

風太はすず以上に大きく口を開け、目もまん丸に見開いて、血の気さえ引いたような顔ですずを見た。それから、飛びかからんばかりに将志に詰め寄った。

「おまえ、何言ってんだよ！　ほんとにどうすんだよ！」

語気の荒さとは裏腹に、声音は弱り切っている。将志は笑いながら逃げ、風太が追いかける。ふたりの姿はたちまち人混みの向こうに消えた。

「すず、ほんとに付き合ってんの？」

「付き合ってない、付き合ってない」

友達に訊かれて我に返ったすずは、慌てて顔の前で手を振った。これから何回、同じことを言わなければならないのかと思うと、新学期早々、気が重い。

しかし、いくらか気が晴れることもあった。新しい三年二組の教室で、すずの席は窓際だった。日が当たるおかげでブレザーを脱いでいても暖かく、そよ風が春の匂いを運んでくる。

クラスメートの自己紹介をぼんやりと聞きながら、すずは窓の外に目を向けた。遠くに海のきらめきが見える。山形のあの神社の境内で、父は見えない海をまぶたに描いていたのだろうか。

肩甲骨のあたりに何か軽いものが当たり、振り向くと風太がこちらを見ていた。彼が紙くずか何かをぶつけてきたらしい。

風太は口をぱくぱくさせて、教壇のほうに顎をしゃくった。前向いとけよ、叱られるぞ、とでも言っているのだろう。

よけいなお世話、とばかりに、すずは下唇を突き出してみせた。なぜか笑いがこみ上げてきて、かみ殺すのに苦労した。

再び顔を外に向けると、室内との対比で眩《まぶ》しさが目に染みた。風が髪を梳かし、頬を撫《な》でていく。潮の香りを嗅いだ気がした。海がさっきよりも近くに見えた。

民家と畑に挟まれた道を、佳乃は意気揚々と歩いていた。

「あ、課長、これ、買ったんです、外回り用に。これも、買ったんです。ちょっとちゃんとしていかないといと思って」

スーツを指差し、パンプスを指差し、隣を歩く坂下《さかした》にいちいち見せる。今日は初めて融資先を訪問するのだ、張り切らずにはいられない。一方、課長として長くこの業務に携わっている坂下は、あまり口を利かず、どちらかというと沈んだ面持ちだ。

前方から機械の唸りが聞こえてきた。佳乃は髪を撫でつけ、弾むような足取りで目的の工場に乗り込んだ。中は暗く、気温が何度か低く感じられ、何だかわからない機械や道具が並んでいる。想像していたのと違い、活気は伝わってこない。

佳乃の靴音は次第に小さくなり、気がつけば坂下の一歩後ろに下がっていた。

「こんにちは」

坂下が打って変わって朗らかに声をかけた。しかし応対した従業員からも、通された事務室からも、明るい雰囲気を感じ取ることはできなかった。椅子に座って狭い部屋を見回してみたが、天井の蛍光灯さえ切れかけている。

ほどなく現れた社長夫妻も同じだった。向かいに座った彼らの肩からは、あらゆる希望が滑り落ちてしまいそうだ。

　佳乃は言葉を失っていた。経営状態のよくない融資先というのがどういうものなのか、まったくわかっていなかった。

　息苦しいような静けさの中、坂下の穏やかな声だけが響く。

「倒産や破産された方は、これまでも何人も見てきましたけども……」

　倒産、破産、という言葉に、佳乃は身を硬くした。目を伏せたまま、瞳だけを動かして坂下を見る。彼は落ち着いた態度を崩さず、社長夫妻に笑いかけた。

「紺野《こんの》さんの工場、まだそこまでじゃないですよ」

　うなだれていた夫妻は同時に顔を上げた。社長である夫が、おそるおそるというふうに口を開く。

「そうですか？」

「ええ。こういうのは、お先まっくらとは言いません。まあ、たしかに明るくはないですけど」

　坂下はやや大げさな身振りで事務所を見回した。陽気とは言えない彼が冗談を口にするのを、佳乃は初めて聞いた。

　社長夫妻の顔に、じわじわと淡い笑みが広がる。

「なんか少し気が楽になりました。な」

「ええ、少し」

社長は妻が差し出したハンカチで額を拭った。ハンカチの下から現れた顔は、若返って見えた。

坂下は相変わらず落ち着いた態度で、持参した書類をめくる。

「で、この相模《さがみ》銀行さんの定期預金をですね、ひとまず解約して頂いてですね……」

状況は変わっていないのに、佳乃にも笑みを浮かべる余裕が生まれていた。

工場を出た後は、海猫食堂に向かった。ふたりとも昼食を取りそびれていたが、それが目的ではなく、店主の二ノ宮に依頼されてのことだ。

佳乃たちが店に入ると、従業員のミドリが表に出していたメニューを片づけ、入り口の札を「営業中」から「準備中」へとひっくり返した。店内には彼女と二ノ宮、佳乃と坂下、そして常連客の福田《ふくだ》しかいない。

佳乃たちが昼食をとっていないと聞いて、二ノ宮は定食を用意してくれた。この間は食べられなかった佳乃の好物、アジの南蛮漬けだ。

「弟さんがいらしたんですか?」

坂下の問いかけに、二ノ宮は厨房《ちゅうぼう》の中で重たげに顎を引いた。佳乃も初耳だが、この様子を見ると、人に話したいような関係ではないのだろう。

カウンターのいつもの席に腰かけた福田が、半身に構えて代わりに説明する。

「おばあちゃんにね、勘当されて出ていったんよ、もう大昔に」

おばあちゃん、つまり二ノ宮の母親だ。ずっと娘とふたりきりで暮らしていたが、一年ほど前に幸の勤める病院で亡くなった。その際にも息子が来たという話は聞いたことがない。

二ノ宮はため息をついた。

「それが急に連絡が入ってさ、亡くなった母の遺産よこせって」

「えっ」

佳乃はぎょっとして箸を止めた。

そっぽを向いた福田の横顔に、苦い微笑が宿る。

「ま、どっかに大きい借金、抱えとっちゃろ」

「そんなこと言ったって、この店以外、何にもないのにさ。だったら店売れって」

「なんとかここだけは残せんかねーち思いよったんやけどね。ほら、もうおばあちゃんにしてみたら、この店はたったひとつの宝物やけ」

「そんな大したあれじゃないけど、おばあちゃんが残してくれた形見だから」

ゆっくりと店を見回す二ノ宮の眼差しには、言葉に尽くせない想いが感じられた。宝物と表現した福田は、きっと彼女をよく理解しているのだろう。

「そうですか」

坂下は食事をやめて背筋を伸ばしていた。佳乃も同じだ。

二ノ宮は厨房を出て佳乃たちの向かいに座り、外したエプロンを膝に丸めた。

「いろいろめんどくさいことになると思うんだけど」

「いやいや」

とん、とコップを置いた坂下の声はやはり穏やかだった。これがこの人の頼もしさなのだと、今はわかる。

「めんどくさいことをするのが私たちの仕事ですから」

二ノ宮が頭を下げると、坂下はより深く頭を下げた。佳乃も黙って倣う。

福田が何か言いたげに二ノ宮を見つめていた。彼女には弟のこと以外にも何か秘密があるのかもしれないと、ふいに思った。誰だって秘密がいくつかあるのはあたりまえなのに、なぜか胸がざわつく。

その理由がわからないまま、佳乃は職場に帰る電車に乗った。隣の坂下はいつもの無口な男に戻り、おとなしく振動に身を任せている。

「坂下さんって、うち来る前、都市銀にいたんですよね」

「あ、うん」

坂下は心持ち目を伏せた。後ろから夕日が照りつけてくるせいで、顔が陰になって表情がわかりにくい。

「なんで辞めたんですか？」

坂下はすぐには答えなかった。

「なんか、自分の居場所はここじゃないって、突然、気づいたっていうか」

何度もうなずきながら話す様は、過去と向き合い、自分の気持ちを整理しているように見える。かと思うと、彼はぱっと佳乃のほうを向いた。

「そういうことってない？」

その時、ふいに朋章の言葉を思い出した。

──もう少しましな男、探してください。

一言だけを残して消えた、年下の恋人。

信用金庫の窓口で佳乃に出会ってしまった瞬間、彼も気づいたのだろうか。坂下のように、自分の居場所はここではないと。

いつだったか佳乃の家をじっと見つめていた朋章の表情が、急にまざまざと浮かんできた。あの夜、彼は、佳乃たちがすずを引き取ったこと、うまくやれているという ことについて、やけに意地の悪い意見をぶつけてきた。「四姉妹」なんて幻想だとでも言わんばかりに。

居場所。居場所か。

「……ああ」

なんとなく納得がいった。わからないが、わかる気がする。

自分ではだめだった。彼の荷物を一緒に持ってあげられなかった。彼の居場所になれなかった。

「ああ……」

涙は出なかった。代わりに苦い笑みが浮かんだ。さっきの坂下と同じように、佳乃は何度もうなずいていた。

その夜、風呂から上がった佳乃は、居間にぺたんと座り込んでペディキュアを塗っていた。傍で洗濯物を畳んでいたすずが、いつのまにか手を止めて見つめている。

「ん？　何見てんのよ」

すずははっとしたように、再び手を動かしながら尋ねた。

「よっちゃん、デート？」

「だといいんだけど、今はそんな気分になれないわけよ」

「ふうん」

すずは曖昧な返事をした。理由を訊いていいものかどうか、判断がつかないのだろう。佳乃は詳しいことは語らず、一枚一枚、丁寧に爪をなぞっていった。

「だからこれは、男のためじゃなくて、自分のため」

そんな気持ちでおしゃれをするなんて、何年ぶりかわからない。

最後の一枚を塗り終えたところで、ふと思いついてすずを見た。

「きれいに塗れると気持ち上がるよ。塗ってあげようか？」

「いいよ。どうせサッカーで汚れちゃうから」

「小指だけ、小指だけ。はい」

佳乃はすずににじり寄って足首を摑んだ。サッカーで鍛えられた強い脚。だが足は小さくて、薄く色づいた爪は桜の花びらのようだ。

ブラシが触れるか触れないかのうちに、すずはぴくっと足を引っ込めた。

「くすぐったい」

「動かない」

佳乃は笑って、改めて小指の爪にブラシを当てた。すずは座っているだけなのに、少し緊張しているのが伝わってくる。

「初めて？」

「うん」

答える時、すずの指がわずかにこわばった気がした。本当は彼女の母親にでも塗ってもらったことがあるのかもしれない。だとしたら佳乃には言いにくいだろう。佳乃たちとすずとの関係について懐疑的だった朋章の顔が脳裏をよぎる。

「よっちゃん、初めて塗ったのいつ？」

「あたし？　六歳よ、六歳」

「早っ」

「お母さんと横浜《よこはま》行った時に、買ってもらったの。真っ赤っかなやつね」

佳乃はちらっと視線を上げ、もう片方の足に取りかかった。朋章の顔を塗り込めるように、何度もブラシを滑らせる。

「時々、小学校にしてってさ、プールの時間にばれちゃって、先生にすげー怒られた」

思い出して笑った佳乃の声に、すずの笑い声が重なった。爪先が動いてペディキュアがはみ出しそうになり、ふたりでひやりとし、ふたりで無事を確認して、また笑う。

頭の中の朋章が何か言いかけた。佳乃は内心で首を横に振った。すずはここにいるよ。あたしと一緒にいるよ。今はまだ、すべてをさらけ出すことはできなくても。

佳乃は足を前に出し、姉妹でおそろいの小指を見つめた。

目の前に置かれたトーストを見て、将志と風太がごくりと喉を鳴らした。

「すげえ」

「すっげえ」

トーストに乗っているのは、バターとしらすと海苔《のり》だ。美帆のおすすめ、しらすトースト。これを食べるために、すずたちオクトパスの四人組は山猫亭《やまねこてい》を訪れた。

昔からある喫茶店だそうだが、白い壁に水色のアルファベットで店名が記された外観といい、ナチュラルな雰囲気に統一された内装といい、なかなかおしゃれだ。格子の嵌《は》まった窓の外には小ぶりな木が植えられ、磨《す》りガラス越しにやわらかな光が差し込んでいる。

一つイメージを裏切っているとすれば、店主の福田だろうか。海猫食堂の常連である彼は、白髪まじりの髪を肩まで伸ばし、鼻の下と顎にひげを生やしている。皮肉な物言いをすることも多く、爽やかとは言いがたい。

「今年はねえ、もう春先、全然とれんでから、心配しよったんやけど」

エプロンをした福田は、すずと美帆の前にもトーストを置いた。

「今、旬よ。はよ食べ」

「いただきます」

四人の声がそろう。続いて、かりっと齧《かじ》る音。

「うまっ」

「んー、でしょ」

将志が目を輝かせ、推薦した美帆が胸を張った。

「しらすとパンって、意外に合うね」

「うん」

風太とすずも、もぐもぐ口を動かしながらうなずき合う。

「これってここのオリジナルなんですよね」

「ああ、せやね」

美帆が問いかけると、厨房で飲み物の準備をしていた福田は、手もとからちょっと目を上げて応じた。

今度はすずが体を捻って尋ねる。

「このお店って古いんですか？」

福田はまた目を上げ、すずを見てから、記憶をたどるように視線をさまよわせた。

「んー、もうおれが引き継いで二十年になるんかな」

「しらすトーストって、その時からあるんですか？」

「もともとはおれが昼飯に食いよったんを、たまたまお客が見てから、それおれも食いたいーち言うけん、それで出したんが最初や」

ふうん、と風太が気がない返事をした。他のふたりも食べるのに夢中で、説明にはあまり興味がないようだ。

すずだけが食事の手を止めて聞き入っていた。福田はそんなすずをじっと見つめていたから、何か感づいたのかもしれない。

山猫亭からの帰り、将志と美帆とは途中で別れ、海沿いの道を風太とふたりで歩いた。風太は自転車を押して、普段よりも遅いすずのペースに合わせている。

「うちのお父さんさあ、よくあの店、行ってたのかもしれない」

「えっ」

だしぬけに言うと、風太は弾《はじ》かれたように振り向いた。

「あれ、お父さんとふたりだった頃、よく作ってくれたの」

山猫亭のオリジナルメニューだという、しらすトースト。それは二十年前からあって、その頃、父はこの街に住んでいた。

風太が鼻から息を抜き、来た道を振り返る。

「じゃあ、また明日、行ってみる？　気になるんだったら確かめたほうがよくない？」

彼は再びすずを見たが、すずは視線を前方に投げたままでいた。彼の言うことはもっともだ。だからこそ、なんだか目を合わせづらい。

「うん……でも、いいや」

「じゃあ、お姉さんに聞いてみたら？」

「お姉ちゃんたちには話しづらいんだよね。お父さんのこと」

すずは少しためらってから答えた。思い切って打ち明けた本音だった。

いっそう歩みが遅くなったふたりを、連なった車が追い抜いていく。その音だけが沈黙を埋める。

すずたちは無言のまま、ぶらぶらと砂浜に降りた。風太も自転車を停めてつきあってくれた。

いつか姉たちと足跡を並べた砂浜には、桜の花びらが打ち寄せられている。

「もう終わりなんだね。山形じゃこれから咲くのになあ」

すずはしゃがんで花びらを拾い、当て所《ど》もなく渚をさまよった。少し離れてついてくる風太は、どう反応したらいいのかわからない様子だ。

「お父さんの病気がわかった時ね、もう今年の桜は見られないかもって言われたの。でもお父さん、すごいがんばって、病院でお花見もしたんだよ」

「そうなんだ」

すずが振り向くと、風太はやっとのようにそれだけ言った。言葉はそれだけだが、微笑んでくれたことが、正確には微笑もうとしてくれたことが、なんだか無性に嬉しかった。

また歩いては花びらを拾い、花びらを拾っては歩く。波音の合間に、風太が砂を踏む音が聞こえる。背中に彼の眼差しを感じ続けていた。

「浅野」

改まった調子で呼びかけられ、足を止めて振り返った。手のひらに載せた花びらがひらりとめくれた。

風太はすずをまっすぐに見つめ、意を決したような顔をしている。少し緊張しているようでもある。

「時間ある？」

「あるけど……？」

風太はにこっと笑い、すずをうながして道路のほうへ歩き出した。停めてあった自転車の荷台をぽんと叩く。

すずを乗せた風太の自転車は、海沿いの道を風を切って進んだ。跨がっているだけのすずは、潮風に髪を遊ばせながら、水平線がきらきら光るのをのんびり眺めることができた。

「ねえ、どこ行くの？」

「トンネル」

「トンネル？」

「うん」

風太はそれだけしか教えてくれない。行ってみてのお楽しみということらしい。

やがて自転車は海から離れ、樹木に囲まれた坂道に入っていった。風太はサドルから尻を浮かせ、よろけながらも懸命に登っていく。

「降りようか？」

「だいじょうぶ」

「ふうん」

力んだ声はだいじょうぶそうには聞こえず、すずはからかうように笑ったが、風太はどうにか坂のてっぺんまで踏ん張った。けっして大きくない風太の体から、ほっと力が抜けるのがわかった。

ここからは一気に下るだけだ。

「あ、トンネルだ！」

すずは子どものような声を上げた。道の両側には桜並木が続いていて、その枝が屋根となって頭上を覆っている。なるほど、桜のトンネルだ。

「だろ」

風太は得意気にふふんと笑った。

「おっきいー。いっぱい咲いてるじゃん」

学校の近くではもう葉桜になりかけているのに、ここではまだ満開だ。かなり登ってきたから、咲く時期が少し遅いのだろう。

すずは首を左右に伸ばして、夢中になって桜を眺めた。

「わあ、すごーい。んー」

「よいしょ」

すずが動くたびに重心がぶれて、ハンドルを握る風太は大変だったかもしれない。それでも声は弾んでいる。

舞い落ちてくる花びらを捕まえようと、すずは手のひらを高く掲げた。見上げた空から、やわらかな木漏れ日が降り注ぐ。透き通った青。けぶるようなピンク。新しい春の色。

父と最後に見た桜を思い出す。悲しくて悲しくて、けれどやっぱりきれいだった。今は不思議と穏やかな気持ちで思い出せる。

目を閉じて、光と風をたっぷりと顔に受けた。心にわだかまっていたものがすべて吹き飛ばされて、どんどん体が軽くなっていく気がした。

姉たちはここへ来たことがあるだろうか。なければ誘ってみよう。それはとてもいい考えに思えた。

5

梅雨に入ってから久しぶりに晴れた休日、幸たちは毎年恒例の梅酒作りに取りかかった。梅の木が日に日に重たげになっていくのを見ながら、天気と相談していたのだが、四人の休みが重なった今日は絶好のチャンスだ。

木に登って実を穫《と》る係には、すずが立候補した。軍手を嵌《は》め、首にタオルを巻き、思った以上に高いところに陣取っている。近くの枝に引っかけたかごには、実がすでに半分ほど入っている。

「今年はすずがいるから楽だねえ」

縁側に寝そべった佳乃がのんびりと言った。

「あんた毎年、何もしてないじゃん」

とはいえ、今年は幸も腰かけて眺めているだけだ。

「ほんとよかった、妹できて」

木の下でかごを持っていた千佳までが、沓脱《くつぬ》ぎに腰を下ろした。

「あ、そこそこ、その上。おっきいのある」

「これ？」

「うん」

すずが佳乃の指示に応えて、枝の先端に手を伸ばした。

「足、気をつけて」

ひやひやしているのは幸だけで、妹たちはすずも含めて落ち着いたものだ。

「あ、手前、手前」

今度は千佳が指示を出し、すずが身軽に重心を移動する。気をつけて、と幸は繰り返した。

すずは実を傷つけないよう慎重にもぎ、にっこりしてこちらに見せた。

「ね、ほら見て、おっきい」

幸たちにとっては面倒な作業だが、すずにとってはおもしろい経験らしい。前に佳乃に脅かされていたとおり、毛虫には悲鳴を上げていたが、その声さえ楽しそうに聞こえた。

いくつかのかごにいっぱいになった実を、幸がより小さなかごに分けていく。

「これは大船の分で、これはお隣り、と」

自宅の分は大きなザルに盛り、梅の成分がよく染み出すようにと、千佳とすずが竹串でプスプスと穴を開けている。すずが持っている実を見ると、穴はひらがなの「ち」の形になっていた。他にも「さ」や「よ」の実がある。姉妹の名前の最初の文字を書くのは、子どもの頃によくやった遊びだった。今はそこに「す」も加わっている。

ひとり何もしていない佳乃は、だらける場所を居間に移していた。

「まあまあだねえ」

「これで?」

佳乃の言葉に、すずはびっくりしたようだ。

「うん、おばあちゃんが生きてた頃はもっと穫れてたんだよ。もう穫れすぎちゃってご近所中に配ってたんだもん」

「へえ」

「梅の木ももう歳《とし》だからね」

幸が言うと、全員が申し合わせたように木を見上げた。青空に葉を広げているが、昔ほど頼もしく見えないのは、自分が大人になったせいばかりではないだろう。

「お母さんが生まれた年におじいちゃんが植えたんだから……」

「じゃあ五十五だ」

千佳に先んじて佳乃が言った。さすがに佳乃は母の年齢がすぐに出てくる。

「五十五歳かあ」

しみじみ呟《つぶや》いたすずは、亡くなった父のことを考えたのかもしれない。

台所の電話が鳴った。

「佳乃、ちょっと出て」

「千佳」

幸の言葉を、佳乃はそのまま妹にパスした。千佳は逆らわず、竹串と梅を置いて走っていった。

「はい、香田です。あ、おばさん？　こんにちは。ああ、元気ですよ。ああ、ちょっと待ってくださいね」

シャチ姉、と呼ばれて、幸は膝に乗せていたかごを下ろして腰を上げた。

「大船の」

大叔母の史代だ。電話を代わった幸は、思いがけない報《しら》せに声を高くした。

「えっ、来るの？　なんで？」

妹たちが振り向いた。その向こうに、五十五歳の梅の木がそびえている。

その夜、幸は自室から椎名に電話をかけた。椎名は勤務中だが、何事もなければ忙しい時間ではないはずだ。

「まあ、実の母親の法要なんだから」

椎名の反応は軽かった。

たしかにごくあたりまえのことだ。出ていったとはいえ、母が祖母の七回忌に参加するのは。ただし、あの人に限っては違う。大叔母からの電話で母が来ると聞いた時、幸は自分の耳を疑った。

「なんかやーな予感すんのよね」

「考えすぎじゃない？」

「だって一周忌も三回忌も来なかったんだよ。遠いしお金かかるって」

思い出しても腹が立つ。簞笥《たんす》から喪服を出す手つきが、つい乱暴になってしまう。

「どこにいるんだっけ、今」

「札幌《さっぽろ》」

「もう何年になるの？」

「十四年かな。私が高校ん時だったから」

幸は鏡の前に座った。十四年前の自分の顔を思い出そうとしたが、できなかった。母の顔なら思い出せるのは、それからの変化をほとんど見ていないからだろう。出ていって以来、会ったのは祖母の葬儀の時だけだ。

「時間が必要だったんじゃない？」

「時間？」

幸は引き出しからイヤリングを取り出し、耳に当てた。

椎名の言葉はいまいちぴんと来ない。母と祖母は折り合いがよくなかったが、時間をかけて軋轢《あつれき》を乗り越えたというのか。

「うん。やっぱり親子なんだしさ」

「親子かあ」

父のことを考えても母のことを考えても、ため息まじりになる。

「親子はさ、夫婦ほど簡単には切れないもんだよ」

鏡の中の自分の顔がこわばった。

「夫婦だってなかなか切れないじゃん」

思わず口走ってしまってから、その言葉と責めるような口調にうろたえる。

「……ごめん」

目を伏せて謝った。鏡は見たくなかった。

電話を終えて居間に行くと、千佳がアイロンをかけ、すずがそれを手伝っていた。

佳乃は風呂上がりらしく、髪をタオルで包み、扇風機の傍《そば》に寝そべって缶ビールを飲んでいる。

「ごはん、どうしようか？　何も準備してないや。何か取る？」

梅酒作りで疲れてしまったから、こんな日は出前もいいかもしれない。

「あ、また大船から電話があったよ。お母さん、あっち泊まるって」

「そう」

佳乃への返事がついそっけなくなってしまった。

「こっち泊まればいいじゃんね。自分ちなんだからさ」

「さすがに後ろめたかったんじゃない？」

千佳の素直な意見に対しても、母への皮肉で応じてしまう。縁側のガラス戸を閉めると、そこに険しい顔が映った。

「もう昔のことでしょ」

「私は昨日みたいによく憶《おぼ》えてるけどね」

呆《あき》れたように言う佳乃の足を跨《また》ぎ、すずの傍らに座った。千佳がアイロンをかけたものを畳み始める。

「あたし、出てもいいのかな、明日」

すずがぽつりと呟いた。立てた片膝に顎を載せてうつむいている。

「えっ？」

「もしあれなら……」

すずは申し訳なさそうに幸を見た。幸たちの母がこの家に泊まらないのは、すずがいるせいではないかと考えたのだろう。母から見れば、すずは夫と不倫相手の間にできた子だ。そして、選ばれたのはすずたちのほうだった。

幸は畳に手をついて身を乗り出した。

「違うわよ。すずのせいじゃない。私たちに合わせる顔がないだけ。もうそんなこと気にしないで、早くお風呂入っちゃいな」

「うん……」

「行っといで」

すずは信じきれない様子だったが、千佳にやさしく後押しされて、ようやく立ち上がった。

「お先です」

姉たちに背を向けたすずは、いつもより小さく見えた。

すずが出ていくと、佳乃が這《は》い寄ってきて隣に座った。

「ね、お姉ちゃんさ、修羅場だけは勘弁してよね」

「何よ、修羅場って」

「あん時だって大変だったじゃん、キレまくって。おばあちゃんのお葬式」

「べつにキレてなんか……」

幸は否定したものの、きっぱりとはいかなかった。

「そういうとこ、子どもなんだから」

「あんたに言われたくないわよ」

そう言い返すのがせいぜいだ。

黙ってアイロンをかけていた千佳が、静かに口を挟んだ。

「お母さん、どう思うんだろうね。すずのこと」

「あの人がどう思うかなんて関係ない」

「はっ、そう言うだろうと思った」

佳乃は幸から顔を背け、缶ビールをぐいっと呷《あお》った。

山門の周りには紫陽花《あじさい》が咲いていた。香田家の庭にも、街中の至るところに咲いている。すずは写真でしか見たことのない祖母の顔を思い浮かべた。あの人はこの花を眺めながら逝ったのか。その日は今日のように晴れていただろうか。

ここに集まっている人々のうち、すずだけが祖母のことを知らない。黒い礼服の中で、自分の制服だけが浮いている気がする。

すずは姉たちの後ろに立って、訪れる人々に頭を下げ続けた。無遠慮な視線を感じることもあったが、そうしていれば目を合わせなくてすむ。

「遅いね」

「うん、大船がついてるからだいじょうぶだとは思うけど」

人が途切れるたび、佳乃と千佳は外の様子を窺《うかが》った。彼女らの母はまだ来ていない。あまりしっかりしているタイプではないようだ。

「どうせあの人のことだから、出かける時にあれがない、これ忘れたって言ってんじゃない？」

突き放すように言った幸は、けっして外を見ようとしない。

門のほうから声が聞こえてきた。

「ほら都《みやこ》ちゃん、早く。あんた、いっつもそうなんだから」

「待ってよ、おばさん」

「んー、施主が遅刻なんて体裁が悪いったら」

全身にぎゅっと力が入った。佳乃と千佳が身を乗り出し、幸さえわずかに顔を向ける。すずもおそるおそる目をやると、庭園にふたり連れの女性が入ってきたところだった。

ひとりは大船に住む姉たちの大叔母、史代だ。和服を着て扇子で顔を扇《あお》いでいる。ではもうひとりの、バッグをごそごそかき回しているのが――

「お母さん！」

「お母さん！」

佳乃と千佳が同時に声を上げた。

「あー、あっ、あっ、久しぶりー」

姉たちの母は娘を見るなり、ぱっと顔を輝かせて駆けてきた。ほっそりとしたきれいな人だ。笑顔は明るく、開けっぴろげな印象だった。都という名前らしい。

「靴！」

廊下に上がるなり、史代から子どものように叱られたが、気にする様子はない。

「ごめんね、遅くなっちゃって。ネックレス、どこにあれしたかわかんなくなっちゃって」

「そんなことだろうと思ってた」

佳乃が笑って肩を小突いた。親子というより友達のようだ。

「千佳、髪型、変えたのね」

「うん」

「佳乃もきれいな色、それ。お母さんも染めてみようかしら」

都は躊躇《ちゅうちょ》なく娘たちの髪に触れた。屈託のない態度で、お母さんという言葉をさらりと使った。それとも、そんなふうに見えるだけなのだろうか。

ひとり硬い表情の幸が、談笑を断ち切るように言った。

「今日はわざわざどうも」

「ごめんね、長いこと連絡しなくて」

都の声のトーンが下がる。

「お母さん、すずよ」

幸に紹介され、すずは半歩前に出た。体の前で重ねた手が汗ばんでいる。

「はじめまして。浅野すずです」

都の瞳がすずを捉え、かすかに揺れた。

「ああ、あなたが。ああ、あ、そうなの。はじめまして、幸たちの母です」

小刻みにうなずく動作に戸惑いが表われている。感情を隠せない人なのだろう。義母の陽子を思い出す。

　史代が扇子を突き出して割り込んだ。

「ね、私のこと憶えてる？　去年、一度会ったわね」

「はい。お姉ちゃんたちの大叔母さん」

「もうこっちに慣れた？　ごはんなんかどうしてんの？　この人たちとうまくやってけんの？」

　扇子でちょいちょいちょいと姉たちを指す。

「おばさん。今そんな話しなくても」

「いや、大事なことだから」

　幸がたしなめても意に介する様子はない。

「向こうの後妻さんとうまくいかなかったの？」

「おばさん」

　今度は佳乃が遮ろうとしたが、すずは静かに口を開いた。

「義母はやさしくしてくれました」

　きつく叱られたことはないし、食事も毎日、一緒にしていた。厳しさなら幸のほうが上だし、こちらに来てからはひとりでコンビニ弁当を食べる日もある。だがなぜだろう、向こうにいた時のほうが寂しかった。

「ああ、そう。今は寂しくないの？」

「はい。女子寮の一番下っ端って感じで」

「うまいこと言うわね」

史代が笑い声を立てたところで、廊下の端に僧侶の姿が見えた。

すずは幸に背を抱かれるようにして仏前に座った。

都にばったり出くわしたのは、読経が終わってトイレに行った時だ。ドアの前で待っていると、中から出てきたのが彼女だった。すずを見た瞬間、都がぎくりとしたのがわかった。

「あ……ごめんなさいね。今日、困っちゃったわよね」

「いえ」

「私も困っちゃった」

都の微笑《ほほえ》みはぎこちなく、佳乃たちと話していた時より声が低い。

すずはいつのまにか壁に背中を押しつけていた。硬くなった両手がハンカチを握りしめている。

「三人とはうまくやってる？」

「はい」

「幸、性格きついでしょ。私の分までしっかりしちゃったの」

都はふいに声を潜め、顔を寄せてきた。その顔にいたずらっぽい笑みがあったので、すずはいっそう戸惑った。

「やさしくしてもらってます」

答える口調がたどたどしくなる。

「仲よくね」

都はそれだけ言い残して去っていった。すずは廊下に立ち尽くして見送ったが、後ろ姿から何かしらの感情を読み取ることはできなかった。

「いやいや、終わった終わった。無事に終わったわねえ」

「お疲れ様」

史代に声をかけながら、幸は手早く縁側のガラス戸を開け放った。

「はい、お疲れ様」

居間に腰を下ろした史代が、買ってきたカップアイスをちゃぶ台に並べ始める。

座布団を取りに行った幸は、都が仏間に向かうのを目の端に捉えた。手を合わせる気くらいはあるんだ、と意地の悪いことを考えてしまう。

「これ、ほら溶けない……あ、ありがと」

入ってきた佳乃と千佳にアイスを勧めようとした史代は、座布団を出されて腰を浮かせた。それから忙《せわ》しなく縁側のほうへ目を向ける。

「あれ、あの子どうした？」

ちょうどそこへすずが現れた。

「あ、ほら、すずちゃん。ほら、どうぞ、溶けないうちに食べて」

「いただきます」

「はい、どうぞ」

すずはアイスを一つ持って縁側に座った。

佳乃は寺を出るなり脱いでいた上着を放り出し、仏間に入っていく。

「法事は疲れるわ」

「その割にはけっこう飲んでたじゃない」

「ふっ、あんなの飲んでるうちに入りませんて」

襖《ふすま》の陰から出てきた佳乃は、ストッキングを脱いでぶんぶん振り回していた。

「佳乃！」

「あっち、あっち」

幸の叱責などどこ吹く風で台所へ飛んでいく。千佳が仏壇に香典を供えにいくと、入れ替わりに都が居間へ戻った。史代の向かいに座ってアイスを食べ始める。

「けっこういっぱい人、来てたね」

「先生だったからねえ。教え子も家にも来てたし、面倒見よかったもんね、姉さん」

おばあちゃん子だった千佳と、祖母の妹である史代は嬉《うれ》しそうだ。

「賑《にぎ》やかだったわよね」

幸も佳乃が脱ぎ散らかした上着を片づけながらうなずいた。

都の言葉は、そんな会話と同じトーンで発せられた。

「おばさんもいるしちょうどいいわ。実はこの家なんだけど、思いきって処分したらどうかなと思って」

世間話をするようなさらりとした言い方だった。

幸はぎょっとして振り返った。

「え、処分って……売るってこと?」

史代にとっても寝耳に水だったようだ。幸は大股でちゃぶ台に歩み寄り、史代の隣に正座した。

都は庭を見渡して、スプーンを口に運んだ。

「庭の手入れだって大変でしょ。この子たちだって、いずれお嫁に行くんだろうし」

幸と千佳にちらりと視線をやる。

「だったら管理の楽なマンションとか……」

「勝手なこと言わないでよ！」

もう我慢できなかった。爆発するような幸の声に、缶ビールを手にした佳乃が飛んできた。千佳とすずが固唾《かたず》を呑《の》んで見つめているのを感じる。妹たちの前で揉《も》めたくはない。だが止まらない。

「お母さんにこの家のことどうこうする権利なんてないでしょ！　庭の手入れなんか、お母さん、一度もしたことないじゃない！　管理って、この家捨てて出てったのに、なんでわかんの？」

「なにそんなムキんなってるのよ。ただどうかなって思っただけで……」

一息に言葉を叩《たた》きつけると、都はとたんに言い訳がましい口調になった。

「はいはい、もうやめましょうよ、ね」

史代が仲裁に入るが、都のほうも止まらなくなったようだ。スプーンでアイスをつつきながら、拗《す》ねたような目で幸を見る。

「どうしてあんたはいっつもそういう言い方するのよ。悪かったと思ってるわよ。でも、もとはと言えば、お父さんが女の人作ったのが原因じゃない」

「ねえちょっと、ふたりともやめなよ！」

佳乃が声を荒らげた。その慌てぶりから、縁側のすずを気にしているのがわかった。母の言葉はすずを傷つけるものだ。そう思ったらなおさら腹が立つ。

「お母さんはいつだって人のせいじゃない！　私たちがいるから別れられない。おばあちゃんがだめって言ったから、あんたたちを連れていけない」

「だって、しょうがないじゃない、ほんとのことだもの」

「いい歳して子どもみたいなこと言わないでよ！」

エスカレートする口論を断ち切ったのは、史代のきっぱりとした大声だった。

「はい、ふたりともそれでおしまい！」

ふんと鼻息を飛ばし、しわに縁取られた目で幸と都を睨《にら》む。

「さっちゃん、言葉がすぎるわよ、仮にも母親じゃないの。都ちゃん、女作られるにはあんたも悪いとこあったのよ」

「だって、おばさん……」

「だっても何もありません！　この話はこれでおしまい！」

　都がなお言い募ろうとするのをぴしゃりと封じ、史代は扇子で顔を扇いだ。

「姉さん、死んでてよかったわ。なさけない」

　誰も何も言えなかった。

　史代と都を送り出して片づけをしていると、千佳と佳乃の会話が聞こえてきた。ふたりは縁側に腰かけていて、すずの姿はない。

「よっちゃんが心配したとおりになっちゃったね」

「んー、合わないのよ、昔っから」

「お母さんも急に言い出すからなあ、あんなこと」

「でもさ、ちょっといいかも、マンション。ひとり暮らしってなんか憧れる」

　幸はふたりの背後でちゃぶ台を拭きながら言った。

「いいわよ、出ていきたければ出てけば。べつに止めない」

　佳乃の動きが不自然に止まる。彼女は振り返らないまま、苛立《いらだ》ったように髪をかき上げた。

「いつまでもみんなでここで暮らすわけじゃないでしょ。それが幸せ？」

「あんたまでお母さんみたいなこと言って」

ちゃぶ台を拭く手に力がこもる。

「ここが嫌なわけ？」

「そんなこと言ってない。でも、千佳もすずもいつかは出てくのよ。お姉ちゃんだって」

「私は……」

ふいに手の力が失われ、やがて動きが止まった。椎名の申し訳なさそうな顔が脳裏をよぎった。

「責任あるもん。ここを守る……」

ちゃぶ台に落ちた声の思いがけない弱々しさに、我ながら驚いた。

「誰も頼んでないよ、そんなこと」

もうやめなよ、と千佳がたしなめる。

しかし佳乃はとうとう体ごと振り返った。

「ねえ、なにムキんなってんの？　お母さんにちゃんとやってるとこ見せたいだけでしょ！　もうほとんど意地じゃん！」

「意地って何よ？　私がいつ意地張ったっていうの？」

「すず引き取って、何かあてつけみたいにさあ。お姉ちゃんはそれで満足かもしれないけど、かえってかわいそうじゃん、今日みたいな目に遭わせたら」

佳乃の顔がしだいに歪《ゆが》んでいく。

幸は言葉に詰まってうつむいた。幸と都が口論している間、じっと庭に視線を落としていたすずの姿を思い出す。立てた片膝に載せたアイスが途中から少しも減っていなかったことに、後になって気がついた。都の言葉だけがすずを傷つけたのではない、自分だって同罪だ。

「お腹すいた。ねえ、ごはんにしよう、ごはん」

千佳が無理に明るい調子で言う。なさけない、と史代の声が聞こえた気がした。


「あ、ねえ、すき焼きだって」

エコバッグをぶらさげた千佳が、道端の看板を指差した。意識してはしゃいでいるのか、それとも商店街を歩く時はいつもこうなのだろうか。一緒に買い物に行くのはずいぶん久しぶりで、判断がつかない。

「しゃぶしゃぶだって」

「うーん、見ない見ない、見ない見ない」

佳乃は両手で目を覆った。今夜は家でカレーと決まっている。

たわいないやりとりを繰り返すうちに、幸との口論による苛立ちは消えていた。呑《のん》気《き》そうに見えて、千佳はけっこうすごいのかもしれない。

夕方のスーパーは混んでいた。メモを手にした佳乃と、かごを両手で抱えた千佳は、縦列になって通路を進んだ。目的はシーフードだ。

「ね、ホタテないや」

佳乃が言うと、千佳は飛びつくようにして冷蔵ケースに手を伸ばした。

「あ、じゃあハマグリは？」

「贅沢《ぜいたく》」

佳乃は通路の反対側のケースからアサリのパックを取った。

「でも、後悔してなきゃいいけど」

「何が？」

無意識に零《こぼ》れた独り言を聞きつけ、千佳が隣に並ぶ。

「ん？　すず……ここへ来たことをさ」

「それはだいじょうぶでしょ」

「でも背負うんだよなあ、あいつ。シャチ姉に似て」

父の葬儀の時から思っていた。その印象は今も変わっておらず、痛々しく感じることもある。それは幸に対しても同じだ。

千佳がかごにイカを入れてため息をついた。

「末っ子なのにね」

「あんたに似りゃあよかったのに」

「ん？　それ、どういう意味？」

「え？」

佳乃はかごに海老《えび》を放り込んで逃げ出した。千佳の声を背中に受けながら、家に残っている姉と妹を思う。あのふたりもこんなふうに笑っていればいいのだけれど。

すずの自室の前で深呼吸をしてから、幸は意識して明るい声をかけた。

「とんとん」

「はい」

襖を開けると、すずはサッカーボールを腹に抱え、両膝を立てて畳に座っていた。腹筋をしていたのを中断したらしい。

「晩ごはん作ろうと思うんだけど、手伝ってくれない？」

「はい」

すずはすぐに立ち上がって台所までついてきた。

香田家の調理台は広く、ふたり並んで作業ができる。じゃがいもの皮を剝《む》く幸の隣で、すずは玉ねぎを刻んだ。包丁の扱いに慣れているのは、父とふたり暮らしだった時期があるせいだろう。メニューはシーフードカレーだ。

「玉ねぎ、そのくらいでいいよ」

「はい」

今夜は雨音もなく、ふたりの包丁の音だけが響いている。

幸は手もとに視線を据えて、ためらいがちに口を開いた。

「そういえば、これがお母さんから教わった最初で最後の料理なんだよね」

「ふうん」

すずも手もとから目を離さずに応じる。

「なんでシーフードかっていうと、肉と違って煮込まなくていいから。料理嫌いのあの人らしいんだけどね」

幸は苦笑してちらりと隣を見たが、すずの視線は玉ねぎに向いたままだ。正面の窓は薄闇に沈み、かろうじて残った光は表情を照らし出してはくれない。だが、笑っていないことだけはたしかだった。

ふいにすずの手が止まった。

「ごめんなさい……うちのお母さんのこと」

幸ははっとして顔を向けた。どうして都のことを話題にしてしまったのだろう。

——もとはと言えば、お父さんが女の人作ったのが原因じゃない。

あの言葉を気にしていないはずがないのに。

「いいのよ！　すずには関係ないことだもん」

「奥さんがいる人を好きになるなんて、お母さん、よくないよね」

どきりとした。椎名の顔が浮かんでひしゃげる。

すずは思い切ったように幸を見た。目がかすかに赤いのは、玉ねぎが染みたせいではないだろう。彼女はまたすぐにうつむいてしまった。幸の顔を見ているのが怖いようだった。

疎まれているかもしれないと思っているのだろうか。そう思ってしまったのだろうか。それでもしかたないと。

「ごめんね。私たちがすずを傷つけちゃったんだね」

うなだれながらも、声だけはすずのほうへ向けた。できれば微笑みかけたかった。

すずが首を横に振る。傷つけたのは自分たちのほうだと、苦しげな声が聞こえるようだ。

幸は妹の顔を覗《のぞ》き込んだ。目の縁が光っているのが見えた。

「あれはどうすることもできないことだったの。誰のせいでもないんだよ」

一言一言がすずの心に染み込むように、ゆっくりと語りかける。

幸自身にとっては、言い訳めいて聞こえる言葉だった。誰かに傷つけられたと思っても、いつのまにか別の誰かを傷つけている。

玄関の戸が開く音がして、ふたりは少しだけ振り返った。

「ただいまー。ホタテなかったからアサリにしたよー」

「あと、かまくらカスターもー。チョコ多めにしといたよー」

佳乃と千佳の陽気な声に、ふっと場の空気が緩む。

幸たちは目を合わせ、ぎこちなく微笑み合った。

すずが残りの玉ねぎを刻み始めた。

翌日は梅雨らしい天気になった。遅番で家にいた幸は、午前中のうちに大方の家事を片づけてしまうつもりでいた。ひとりでいると雨音がよく聞こえる。雨音に包まれて、軋《きし》る階段を一段ずつ拭いていると、家を処分したらどうかという都の言葉が思い出された。

たしかに管理は大変だ。しかしこの家には、いろんなものがつまっている。いいものも悪いものも、大切なものもどうでもいいものも。

むきになっていると、都にも佳乃にも言われた。意地を張っているとも。何より、すずにごめんなさいと言わせてしまった。何をやっているのだろう。ひとりで空回りして、周囲を巻き込んで、ばかみたいだ。

昨夜から部屋干ししておいた洗濯物を外している時、玄関の戸が開く音がした。出てみると、都が立っていた。幸がいるとは思わなかったのだろう、都のほうも驚いたようだ。

「どうしたの、あんた？　どっか具合悪いの？」

「いや、べつに。今日、夜勤だから遅出なだけ。お母さんこそ」

「昨日あんなことんなったから、渡しそびれちゃって」

都はボストンバッグを上がりかまちに置き、手提げから次々に包みを取り出した。きちんと包装されてリボンまであしらわれている。

「これ、幸に。これ、佳乃。これ、千佳」

渡されるままに受け取った土産を、幸は困惑して見つめた。どれが誰の、と決まっているということは、それぞれに合わせて選んだということか。ずっと会っていなかった娘たちを思い浮かべて。

「あと、これ……すずちゃんに」

最後に渡された包みだけ形状が違った。包装紙には北海道《ほっかいどう》の銘菓、バターサンドのロゴが印刷されている。おそらくすずの土産にまでは気が回らず、他の親戚のために買ってきたものを流用したのだろう。忘れていた無神経さには呆れるが、それでも母なりに気を遣ったつもりらしい。

「……上がれば？」

「飛行機の時間あるから。それに、おばあちゃんのお墓にもちょっと寄りたいし」

「そう」

ぎくしゃくした会話は続かず、気まずい沈黙が訪れる。

都はそそくさとボストンバッグを持ち上げた。

「じゃあね。体、気をつけてね」

「うん」

幸が返した言葉はそれだけだった。手を振りもしなければ、笑顔もない。

都が開けた戸の隙間から、ぼんやりと光が差した。雨音が大きくなり、濡《ぬ》れた緑の匂いがした。戸が閉まって、すべてが遮られる。

「ちょっと待って。私も行くわ、お墓」

気がつけば、傘を摑《つか》んで飛び出していた。母と並んで歩くなんてどれくらいぶりだろう。墓地へ続く階段があの頃より狭い。

「おばさんに怒られちゃった。もうあの家はあんたたちのもんなんだって」

都がぽつりと沈黙を破った。

「わかんないもんね。私は息がつまるだけだったけど、あんたたちには大切な場所になってたなんて」

「お母さん、なんで急に家売ろうなんて言い出したの？」

「もういいわよ、その話は。聞かなかったことにしてちょうだい」

ばつが悪そうなところを見ると、せっぱつまった事情があるわけではなさそうだ。必ずしもではないがちょっとお金が必要なことができた、その程度のことに違いない。あほらしくて力が抜ける。

墓に着く頃には、雨はほとんど感じないくらいになっていた。傘を畳み、並んでしゃがむ。手を合わせて目を閉じる。母と同じ場所で同じ格好をしているなんて、なんだか不思議な気分だ。もう一生ないことだと思っていた。

「長いことご無沙汰しちゃって」

目を開けると、都は手を下ろして墓を見上げていた。その眼差《まなざ》しが思いがけず真摯で、幸は密《ひそ》かに息を呑んだ。

「ごめんなさい、出来の悪い娘で」

都の声は低い。どこか頑《かたく》なで、だが労《いたわ》りのようなものが感じられて、冷ややかでもありあたたかくもある。言葉は祖母に、都の母に向けられたものだ。

幸は母の横顔を見つめた。こんなにじっくり見たのは久しぶりだった。そうか、と思う。この人も「娘」だったのだ。

立ち上がった都は、気の抜けた表情に戻っていた。

「雨、上がったみたいね」

折り畳み傘をしまいながら歩き出す。幸は駅まで送ることにした。

濡れた歩道が光っている。紫陽花の花の上でアマガエルが鳴いている。

「梅雨なんて久しぶりだわ」

「北海道って梅雨ないんだ」

「うん」

母との会話はいくぶんスムーズになっていた。かみ合わないことに互いが慣れたのかもしれない。

「そういえば、まだ梅酒作ってるんだって？　おばさん、感心してたわよ。毎年、仕込むの手伝わされて大変だったけど、あれが終わると、ああ夏が来るなあって感じだった」

「少しだけ持ってく？」

「ん？」

幸の申し出が意外だったのか、都は目を丸くした。幸自身、自分がそんなことを言い出すとは思わなかった。

「駅で待ってて。すぐ戻るから」

幸は返事を待たずに駆け出した。都の声が追ってくる。

「滑るわよ、そこ。気をつけて」

「だいじょうぶ」

昔よくしたやりとりだった。

駅に駆けつけた時には、太陽が顔を出していた。駅舎の前にたたずむ都は、記憶の中の姿より痩せていて、ボストンバッグがやけに大きく見える。

「お待たせ。はい」

幸は胸に抱えていた紙袋を差し出した。梅酒の瓶が二本、入っている。

「こっちが今年ので、こっちがおばあちゃんの」

指差して伝えると、都は目を瞠《みは》った。

「まだあったの？」

「これで最後」

都は祖母が漬けたほうをそっと取り出した。日にかざして目を細める。都は知るべくもないが、さっき台所で幸がしたのと同じ仕種《しぐさ》だった。

「いい色ねえ。懐かしい。大事に飲むわ」

都は丁寧に瓶をしまい、幸を見た。微笑んでうなずく。

「じゃ」

改札に向かう都の背中に、幸はとっさに声をかけた。

「たまには帰ってきたら？　佳乃や千佳はもっと話したかったと思うよ」

足を止めて振り返った都の顔を、雨上がりの光が照らす。

「うん。今度うちにも遊びに来てちょうだい」

「うん」

「じゃあ」

都が改札を抜けて構内に消えていくのを、幸は最後まで見送った。

自分たちが母の家を訪れることは、たぶんないだろう。母が再び鎌倉を訪れるのは、はるか先のことだろう。だがあの人のことだから、なんだかんだあるたびに、結局は娘を頼るに違いない。

まあいいか、と思う。元気で暮らしていてくれれば、それでいい。

幸は家路をたどり始めた。橋にさしかかったところで、足の下を電車が潜《くぐ》り抜けていった。立ち止まって駅を見下ろす。さっき母と向き合っていた場所は、明るい光の中にあった。濡れた梢《こずえ》がきらきらと輝いている。

6

「ごはん、できたよー」

すずが庭で洗濯物を干していると、家の中から呼ばれた。夏休みに入ってからは、ひとりで昼食をとることも少なくないが、今日は千佳が一緒だ。

はーい、と応え、すずは最後の一枚を急いで干した。

「おっきいなあ」

佳乃のブラジャーは、何度見てもため息が漏れてしまう。

居間にはすでに食事の用意ができていた。千佳特製、ちくわカレー。名前のとおり、なんとちくわが入っているという。聞いた時は驚いたが、さっきからいい匂いがしていたので楽しみにしていた。

すずがゆっくり咀嚼《そしゃく》するのを、千佳は期待に満ちた目で見つめている。

「どう？」

「おいしい！」

「ん！」

「うん、チーズとか入れたらもっとあれかも」

「ん、そうだね」

うなずく千佳の声は弾んでいる。

「今度やってみよ。お姉ちゃんたちの評判はいまいちなんだけどさ、時々、食べたくなるんだよね」

千佳はスプーンに山盛りのカレーを口に運んだ。

「お母さんのシーフードは、あたし、ちっちゃかったからあんまり憶えてないんだ。だからうちのカレーっていったら、このおばあちゃんのちくわカレーなの」

「ふうん、おばあちゃんの味なんだ」

すずは仏間にかけられた写真を見上げた。あの人がこれを作ったと言われても、全然ぴんとこない。すずにとってのちくわカレーは、千佳の味ということになった。シーフードカレーは幸の味。ついでに、気持ち悪かったことしか憶えていないが、焼酎たっぷりの梅酒は佳乃の味。

すずはカレーに視線を落とした。

「千佳ちゃん」

「ん？」

覚悟を決め、千佳の顔を見つめる。

「あたし、嘘《うそ》ついてた」

「何?」

すずの心中とは裏腹に、千佳はおもしろがっているようだ。

「しらす丼……本当は、仙台にいた頃よくお父さん作ってくれてたの」

春に姉たちと食べた時、初めてかと訊《き》かれてそうだと答えた。そのほうが喜ばれると思ったから。いや、違うと言ってがっかりされるのが怖かったから。佳乃にペディキュアを塗ってもらった時も同じだ。本当は母に塗ってもらったことがあった。

「そっか。じゃあ、あれ、お父さんの味なんだ」

「うん」

うなずいたきり顔を上げられなくなる。

千佳はカレーをぱくりと口に入れた。

「あたし、お父さんのことあんまり憶えてないんだよね。すずが持ってきてくれた写真でちょっと思い出せるぐらい。きっとすずのほうがいっぱい思い出があると思うよ。いいことも、悪いこともかもしれないけど」

悪いこと、と口にする前に、千佳はいたずらっぽい笑い声を立てた。すずの顔を覗き込み、にこっと唇の端を上げる。

「いつか聞かせてね、お父さんのこと」

とたんに体が軽くなった気がした。千佳の言い方はからっとしていて、自分のことも、すずのこともことさらに哀れんでいる感じがしない。普通に聞いて、普通に話してくれる、自然な接し方が心地よい。そういえば幸も佳乃も、千佳と本気でけんかをしているところは見たことがなかった。

「うん」

すずはほっと息を吐いて、またスプーンを動かし始めた。自分の顔がほころんでいるのがわかる。

「釣りが好きだった」

ふと思い出して言うと、千佳は目を輝かせた。

「釣り？　ほんとに？」

「そう。週末はよく川に行ってた。何度か私も連れてかれたけど」

「ふうん」

たしか千佳も釣りが好きだ。カレーで膨らんだ頰は紅潮していた。

「準備中」の札がかかった海猫食堂で、佳乃は二ノ宮と向き合っていた。前に相談された、弟に母の遺産を要求されているという件について、対応策を提案するためだ。

「食堂を残すには、弟様に千二百万円を支払う必要があります」

佳乃が書類を指しながら説明するのを、課長の坂下が横から確認している。まだ慣れていない佳乃にとって、その存在は大きかった。逆に、黙って聞いている二ノ宮は、春頃に比べて小さくなったようだ。

「二ノ宮さんの個人資産は、普通、定期、合わせた銀行預金が六百万。うちから六百万、融資をしたとして……」

「ごめんなさい」

二ノ宮が急に片手を上げて遮った。戸惑う佳乃に向かって頭を下げる。

「実はこの店、今月いっぱいで閉めるの。ちょっと、体の調子がよくなくて」

「え……」

寝耳に水だった。つい最近まで、この店だけは続けたいと言っていたのに。

二ノ宮は微笑もうとしているようだが成功していない。突然の方針転換とこわばった頬が、病状の深刻さを物語っている。

「ただ私もね、こんなに早くなるとは思ってなかったもんだから、正直」

「それは治療に専念される、ということですか?」

坂下の問いに、二ノ宮はゆるく頭を振った。

「いいえ、治療はもうしないの。市民病院に新しくターミナルケアの病棟ができるでしょ。そこを予約してあるの」

佳乃は息が止まりそうになった。ターミナルケア。まさにその市民病院に勤める幸から聞いたことがある。たしか終末期の医療および看護のことだ。つまり、二ノ宮はもう——。

いつものカウンター席に座っていた福田が、くるりと椅子を回した。

「店はなくなっても、おばちゃんのアジフライはうちで出そうと思いよっちゃ。まさか弟もレシピまでよこせとは言わんやろ」

福田は二ノ宮の体のことを知っていたらしい。そういえば、この件に関して相談を受けた日にも彼はここにいて、何か言いたげに二ノ宮を見つめていたのを思い出した。あの頃から彼女の異変に気づいていたのかもしれない。

海猫食堂を後にした佳乃たちは、職場に戻る途中で防波堤に腰を下ろした。海も空も太陽も、海水浴やサーフィンを楽しむ人々も、何もかもが恨めしい。坂下が買ってくれた缶コーヒーが佳乃の好きなノンシュガーだったことだけが、唯一の慰めに思える。

「すっごく腹立つなあ、神様ってやつに」

「よりによってなんで二ノ宮さんなんだろって思うよね」

食堂を出てから初めてかわす会話だった。応じる坂下の口調はいつもどおり落ち着いているが、それでもやりきれない気持ちが滲《にじ》み出ている。

彼はそれを飲み下すように、ぐいっと缶を傾けた。

「さてと、新しいプレゼン考えよう」

佳乃のほうは、そう簡単には切り替えられない。

「遺言作るのをお勧めしようかと思って」

うつむいて缶を弄んでいた佳乃は、顔を上げて彼を見た。

「遺言、ですか？」

「あの弟さんじゃあ、お葬式の費用も出してくれそうにないしね」

「じゃあ、公正証書遺言がいいですよね」

坂下の考えがわかり、佳乃は勢い込んで言った。公正証書遺言には強い法的効力がある。

「うん。そうすれば、お母さんの遺産はともかく、二ノ宮さんの分は本人の意志を反映できると思うし」

「そうしましょう」

佳乃が力をこめてうなずくと、坂下はわずかに微笑んだようだった。すぐに表情を引き締め、上着と鞄《かばん》を持って立ち上がる。

「神様が考えてくれないなら、こっちで考えるしかないでしょ」

歩き出した彼の背中に、佳乃は一瞬、見とれてしまった。朋章みたいな美青年とは似ても似つかないのに、まったく好みではないはずなのに、ちょっと格好よく見える。

佳乃も荷物を持って立ち上がった。走って追いかける気力が戻っていた。


人が亡くなった部屋で揺れるカーテンは悲しい。そこに残る気配を風が運び去ってしまうから。

「佐伯《さえき》さん、昨日は安定してたよね。こんなに急に亡くなるなんて」

「終末期の患者さんは、どうしても全身状態がねえ」

病室を片づけながら、幸はぼんやりと同僚の会話を聞いていた。

「幸、ありがとう。おかげで助かったよ」

幸の勤務時間は過ぎていた。振り向いた同僚が、幸の様子に気づいて怪訝《けげん》な顔になる。幸は後輩が担当した死後の処置を思い出していた。

「なんか意外だった。アライってあんなふうにエンゼル・ケアするんだ」

「アライさん？」

「うん。佐伯さんがまだ生きてるみたいに、お疲れ様でした、ここ痛かったですよね、そっとしますねって、一つ一つの処置がものすごく丁寧なの」

彼女が佐伯にしていたように、そっと腕を撫《な》でてみる。

「へえ、気がつかなかったな」

普段なら幸も気づかなかったろう。患者が亡くなった時はやることが多いから、それに追われて見過ごしていたと思う。今回は勤務時間外のことで助っ人の立場だったから、冷静に見られたのかもしれない。

その夜は椎名のマンションを訪ね、ふたりで夕食をとった。幸は食器を洗いながら、今日の出来事を彼に話した。

「うちの科の田辺《たなべ》にもそんなところあるよ。普段は全然使えないのに、患者からはいちばん信頼されていろんな情報もらってくる」

「私、たぶん人のだめなところばっかり気になっちゃうんだよね」

「それだけ自分にも厳しいんだから、さっちゃんは。偉いよ」

椎名は明るく励まし、書棚から分厚い本を抜き出してテーブルに広げた。何やら書き物を始めたようだ。

「ずっと学級委員だったからね。……あ」

おどけた幸は、手にした箸にふと目を留めた。

「ん？」

「和也《かずや》さん、お箸、嚙《か》むでしょう」

「え？」

「先のほう、ぼろぼろ」

椎名は合点がいったらしく軽い笑い声を立てた。

「ああ、子どもの頃、おふくろにもよく言われたよ」

「この間、雑貨屋でいい感じの見つけたんだけど」

「買ってきてくれたの？」

「ううん」

「買ってきてくれればよかったのに」

洗い物を終えた幸はリビングに戻った。きょとんとしている椎名の向かいに正座して、外しておいた腕時計をつける。

「お箸を買うって、いろいろ気になるもんですよ、女の人は」

自分が妻だったら、きっと一番いやだろう。他の女が夫の箸を買うなんて。

「へえ、そんなもんかな」

椎名にはよくわからないようだった。

幸は壁際に置いてあったバッグを引き寄せ、携帯電話をチェックした。

「私、そろそろ帰るね。明日、日勤なんだ」

「さっちゃん」

「ん？」

「おれ、アメリカ行こうと思ってるんだ」

幸はぴたりと動きを止め、それから振り向いた。

「え？」

椎名は背筋を伸ばし、真剣な顔をしている。

「研修医時代、指導医だった人がボストンにいるんだけど、そこで小児がんの先端医療を学びたいんだ」

小児がんについては、前々から学びたいと言っていた。だが、そこまで具体的に考えているとは知らなかった。まして、アメリカに行くなんて。

椎名はペンを置き、驚く幸をまっすぐに見据えた。

「一緒に来てくれない？」

幸は自分が息を止めていたことに気づいた。

「だって……」

ようやく搾り出した声は、ほとんど吐息に近い。

椎名はわかっているというようにうなずいた。

「女房とは別れる」

待ち望んでいた言葉だった。だが、よっぽどのことがなければ無理だろうと思っていた。たしかに、これはよっぽどのことだ。アメリカ。ボストン。それってどこ、と脳がパニックを起こしている。

「あ、ごめん、急にこんなこと言って。でも、ずっと考えてたことなんだ」

幸は忙しなく視線をさまよわせた。胸が高鳴る。全身が熱い。だがなぜだろう、すぐに返事をすることができない。

ホームに立って電車を待ちながら、自分の心を探った。椎名のこと、その妻のこと、打診されているターミナルケア病棟のこと、家のこと、様々なことが浮かんでは、遮断機の音にかき消された。

一年前なら即オーケーしただろう。しかたないと頭では理解しながら、別れない妻にも別れられない椎名にも苛立っていた。それが正直な気持ちだった。だが今は、正直な気持ちがわからない。責任や倫理を取り払って考えても、自分がどうしたいのかわからない。

家に帰ると、居間で佳乃と千佳の声がしていた。

「うーん……だめだ、これじゃ」

「飲まないの？」

「んー、これが終わったら」

「珍しいね、よっちゃんが酒より仕事なんて」

幸が入っていくと、千佳が目を丸くしたまま顔を上げた。風呂上がりらしく、寝そべってソーダを飲みながら雑誌を読んでいる。

「おかえり」

「ただいま」

「おかえり」

一方の佳乃は、声こそかけたものの、ちゃぶ台に広げた本やら書類やらから目を離さない。眉間には深いしわが刻まれている。

普段と違う佳乃の様子を気にかける余裕もなく、幸はふらふらと居間を通り抜けた。持っていたビニール袋を座布団の上に置いたが、いつどこで何を買ったのか憶えていない。椎名の件で頭がいっぱいだった。

自室に向かう途中、袋を覗いたのだろう千佳の困惑した声が聞こえた。

「梨だ」

そうだったか。やっぱり憶えていないが、手のひらが痛いから、かなりの量を買ってきたのかもしれない。

「男だね」

佳乃が決めつけた。

「え?」

「前にもりんごたくさん買ってきたことあったじゃん。失恋して」

「ああ、あったねえ。え、どんな相手なんだろ」

「どうだろねえ」

盛り上がる妹たちの声を聞き流しながら、幸は部屋に引っ込んだ。悩むのに疲れて、文句を言う気力も残っていない。

本当に、自分はいったいどうしたいのだろう。

自室で宿題をしていたすずは、階下から聞こえてきた声に驚いて顔を上げた。

「あんたに何がわかるのよ」

幸の尖《とが》った声が、風鈴の音を蹴散らす。

すずはそろそろと部屋を出て階段を降りた。居間には入っていけない雰囲気だったので、一番下の段に腰かけて耳を澄ませた。

「向こうの奥さんが病気になったから離婚できないっていうのは言い訳じゃん」

口論の相手は、例によって佳乃だ。千佳もその場にいるはずだが、加わっていないらしい。果物を剝くような音がかすかに聞こえる。

「見捨てられないって思うのはしかたないでしょ」

「でも結局、お姉ちゃんとそういうことになっちゃってんじゃん。それのどこがやさしいの？　お父さんと一緒じゃん」

すずは全身が硬くなっているのに気づいた。身じろぎも瞬きも、呼吸さえしづらい。これは不倫の話だ。幸が不倫をしているということだ。すずの両親と同じように。

「弱くてだめな人じゃん」

佳乃の口調は吐き捨てるようだった。

「心の病気になった人と向き合うのは、大変なことなのよ。知りもしないで聞いたふうなこと言わないで」

言い返した幸が飛び出してくる。まずいと思ったが間に合わなかった。幸はすずを見てはっと息を呑み、気まずそうに目を逸《そ》らした。

「夏休みだからって、あんまり夜更かししないのよ」

早口でそれだけ告げて、自分の部屋へと去ってしまう。

ほぼ同時に、玄関のほうが騒がしくなった。

「よっちゃん、どこ行くの？」

「どこだっていいでしょ！」

すずが駆けつけると、佳乃が靴を履こうとしているところだった。千佳が追ってきたようだ。

「待って」

すずの大声に、佳乃は苛立たしげに振り向いた。

「何よ？」

「シャチ姉、傷つけちゃったかも」

「なんで？」

「奥さんがいる人、好きになるなんてよくないって……ひどいこと言っちゃった」

祖母の七回忌の日のことだ。ふたりでシーフードカレーを作りながら、すずは母を非難した。幸の事情を知らなかったとはいえ、つらい思いをさせたに違いない。

「だいじょうぶよ」

そっけなくいなして出ていこうとする佳乃を、すずはさらに引き留めた。

「三人で話したい。シャチ姉のこと」

「うん、そうしよう」

千佳が穏やかに後押ししてくれる。

「もー、めんどくせーなー」

佳乃はがしがし頭をかいた。妹たちを乱暴にかき分け、荒々しい足取りで居間に向かう。

「千佳！」

「はい」

「梅酒、ロックで！」

「あたし、作る」

すずは率先して台所に走った。姉たちの存在が頼もしかった。

幸は自室のベッドに寝転がり、染みだらけの古い天井を眺めていた。もうどのくらいこうしているだろう。体が鉛のように重い。こちらにも言い分があるとはいえ、佳乃の憤りはもっともだ。黙って梨を剝いていた千佳はどう思っていたのか。そして、すずは――。

「とんとん」

障子の外で佳乃の声がした。

「なに?」

細く開けた隙間から顔を覗かせた佳乃は、少し酔っているようだ。不機嫌な表情はしていないから、さっきの続きをやろうというわけではないらしい。

「ちょっといい?　仕事のこと」

「いいよ」

幸はベッドに起き上がって膝を抱えた。

入ってきた佳乃は座ろうとせず、落ち着かない様子で障子の前をうろうろしている。まじめな話に慣れていなくて、気はずかしいのかもしれない。咳払《せきばら》いをしてから、ようやく切り出した。

「お姉ちゃんはさ、仕事で亡くなる人とかいっぱい見てるわけじゃん。そういうのってどうなのかなって。いちいち敏感に感じてたら、仕事んなんないよね？」

「うん。でも仕事って割り切ってるかっていうと、ちょっと違うかな」

佳乃は眉を開き、ほっとしたように息をついた。

「だよね。安心した。慣れればいいってもんでもないもんね」

「逆に患者さんが亡くなるのには慣れちゃいけないと思ってるよ」

「勉強んなります」

佳乃はぺこっと頭を下げた。それから急いで話題を変えたいとばかりに、壁にかけてあったシャツを摘《つ》まんだ。

「いいね、これ」

「じゃあ、あんたにあげるよ」

「え？　勝負服じゃないの？」

「私は服に頼らなくても、勝つときは勝ちますから」

佳乃は笑ってシャツに顔を押し当てた。

「じゃ」

ハンガーごと取って胸に抱え、幸のベッドに腰を下ろす。佳乃の分だけマットレスが沈み、ふわりと梅酒の匂いがした。

「お姉ちゃんさ、このうちならだいじょうぶだよ。あたしと千佳ですずの面倒くらい見られるし、もう昔とは違うんだから」

佳乃はシャツを膝に広げ、しきりに撫でたり裏返したりしている。

「うん。ありがとう」

「そんなだと、嫁行く前にお母さんなっちゃうよ」

「そうだね、気をつける」

「お願いしますよー。下がつかえてんだから」

佳乃はおどけてへらへら笑った。照れ隠しのつもりかもしれないが、姉の目にはちっとも隠せていない。

「そういうことはさ、しらふん時に言いなさいよ」

「こんなこと、酒飲まずに言えるわけないじゃないよ」

思えば、佳乃とふたりだけで話すのは久しぶりだった。しかもまじめな内容を、こんなふうに笑って。少し心が軽くなった気がした。

翌朝、仏壇に手を合わせている時、ふと視線を感じた。目を開けると、すずが仏間の入り口に佇《たたず》んでいた。

「ん？」

「ううん」

気まずそうに首を振るすずを手招きする。すずはおとなしく隣に座り、鈴《りん》を鳴らして手を合わせた。すっかり慣れたものだが、そうしていても意識がこちらに向いているのが伝わってくる。昨夜のことを気にしているのだろう。

おそるおそる目を開けたすずに、幸は微笑んで話しかけた。

「すず、今日、花火でしょ」

この地域の花火大会はちょっとしたもので、地元の人間だけでなく観光客もやってくる。今年が初めての参加となるすずは、オクトパスのメンバーで出かけると聞いていた。今日は雨の心配もなさそうだ。

「うん」

「ちょっと待ってね」

幸は仏間にあるたんすを開けた。取り出したのは二組の浴衣だ。そのうちの一方、白地に紺の葉模様が描かれた浴衣を広げ、立たせたすずの背中に当てる。

そこへ佳乃が二階から降りてきた。

「ああ、浴衣かあ」

「うん、やっぱりこの柄、すずに似合うね」

「でしょ。私の言ったとおり」

佳乃が豊かな胸を反らす。たしかに数日前、そんなことを言っていた。

居間に朝食を運んできた千佳が、ちゃぶ台に味噌汁《みそしる》を並べながら会話に加わる。

「大きさもちょうどだね」

「うん」

うなずく幸の前で、当のすずだけが落ち着かない様子だ。体の向きを変え、自分で浴衣を当ててみて見下ろしている。

「これ、お姉ちゃんの？」

「そうだよ」

「ふうん」

「すずにあげるよ」

「いいの？」

「もちろん」

千佳が仏間のほうへ身を乗り出してきた。

「ねえ、風太に見せてあげなよ」

「えー、風太？」

すずが振り向くのとほぼ同時に、色恋沙汰に目がない佳乃が口を挟む。

「え、誰それ？　かっこいいの？」

「かっこ……うーん、誠実そうな子？」

千佳は答えあぐねて首を捻《ひね》った。

「誠実が一番ですよ」

「そうかあ？」

幸の意見に、佳乃は否定的なようだ。

すずが体に当てていた浴衣を下ろした。

「ユニフォームでいいよ。今度にする」

その足もとでは、座り込んだ佳乃と這《は》い寄ってきた千佳が、たんすから出してあったもう一方の浴衣に気を取られている。

「あ、これおばあちゃんのだ。懐かしい」

千佳がそれを手にとって顔を埋《うず》めた。

「何してんの？」

「あー、おばあちゃんの匂いがする」

「する？　ちょちょちょちょ」

佳乃も、おまけにすずまでもが鼻を近づける。

「しないんだけど」

首を傾げる姉と妹をよそに、千佳はひとり幸せそうだ。

幸はすずが手放した浴衣を畳みながら、そんな光景を眺めていた。つくづく思う。この家には、いろんなものがつまっている。

その日、幸は椎名を海に呼び出した。

いつもは一つにまとめている髪をハーフアップにして、めったに穿《は》かないロングスカートを穿いた。椎名は幸が何度か畳んだことがあるポロシャツを着て、よく一緒に飲んだコーヒーを買ってきた。

砂浜に降りる階段に並んで腰かける。ふたりの間には、人がひとり入れるくらいの距離があった。

「ごめん。あたし、一緒に行けないや」

幸は海を見ながら告げた。椎名はすぐには反応しなかったが、やはり海を見たまま、驚いた気配はなかった。

「そう言われる気がしたよ。いつまでも決断できなかったおれが悪いな」

幸は隣を見ずに首を振った。

「お互いさま。誰のせいとかじゃない」

誰のせいでもないんだよ――祖母の七回忌の日、すずに告げた言葉だ。みんな幸福になりたいだけで、誰かを傷つけたいわけではない。だがタイミングやベクトルのちょっとしたずれで、誰かを、あるいは自分を泣かせることになる。

幸は海をじっと眺め、波が生まれる場所を探した。しかし見つけられないまま、打ち寄せた波は泡になって消えていく。

「ターミナルケアをね、ちゃんとやってみようかと思う」

「そうか」

「私たちに合わせる顔がないって言ってたんだって、お父さん。だからその分、すずがひとりで抱え込んじゃって」

死にゆく父を傍で見ているのは、どれほど恐ろしかったろう。母はすでになく、義母の陽子にも、もちろん義弟にも、まだ知り合っていなかった異母姉たちにも頼れず、ひとりきりで。

「傍にいてあげられたら、何かできたかもなあって。お父さんにも、すずにも。あの子、いろんなことがあって、子ども時代を奪われちゃったのよ」

「それはさっちゃんも同じだろ」

幸は初めて椎名のほうを向いた。椎名も幸を見た。

「さっちゃんも奪われちゃったんじゃない？　周りの大人に」

「そうかな」

「うん」

椎名はやさしい笑みを浮かべた。

「ゆっくり取り戻してください。おれはそうしてあげられなかったけど」

微笑に潜む苦いものを見つけられまいとするかのように、再び顔を正面に戻す。

幸は黙って首を振ることしかできなかった。

照りつける日差しに、肌がちりちりと痛む。コーヒーの香りが風に飛ばされる。

椎名は思い切ったように立ち上がった。

「じゃ」

「うん」

幸は彼を見ずにうなずいた。

階段を上る足音が遠ざかっていく。思わず振り返ると、椎名は道路に上がったところだった。彼は幸を見下ろして軽く手を振った。幸もそっと手を上げた。あっけないほど、いつもの別れと変わらない。

幸は海のほうへ顔を戻した。潮風がやけに目に染みる。

椎名とすごした三年間、楽しくて、それと同じくらい後ろめたかった。彼にも彼の妻にも不満を募らせ、自分自身にも嫌気が差した。それでもやっぱり楽しかった。なのに彼の誘いに即答できなかった時点で、もう答えは出ていたのだろう。

深く息を吸って立ち上がった時、花火大会の開催を告げる空砲が鳴った。見上げた空には、とんびがゆったりと舞っていた。


ぱんっと手を合わせる音がして、四つの声が重なった。

「ごちそうさまでした」

海猫食堂が閉店すると聞いて、花火大会の前に、オクトパスのいつもの四人で食べにきたのだ。

「おいしかったあ」

満足げに腹を撫でる美帆は、水色に花模様の浴衣を着ている。すずは白地に葉模様の浴衣に、赤い帯を締めていた。今朝、幸から譲られた浴衣だ。すずはユニフォームでいいと言ったが、結局、姉たちの勧めに抗《あらが》えなかった。前髪を結んで額を丸出しにしたヘアスタイルは、サッカーの練習中と同じなので、今さらながらなんだかちぐはぐに思えてくる。

女子と違って変化のない、シャツにハーフパンツ姿の風太がため息をついた。

「これでもうおばちゃんのアジフライも食べられなくなっちゃうのか」

「ごめんね、今月いっぱいはやってるから」

申し訳なさそうに微笑む二ノ宮に、美帆が元気よく声をかける。

「また来ます。ごちそうさまです」

連れだって出ていこうとしていると、最後になったすずを二ノ宮が呼び止めた。タッパーを手に近づいてくる。

「これ、荷物になっちゃうんだけど持ってって。アジの南蛮漬け」

「よっちゃんの大好物」

「うん。いろいろお世話になりましたって」

二ノ宮は嚙みしめるように言い、タッパーを紙袋に入れて差し出した。口が軽そうに見える佳乃だが、仕事の内容については話さないので、「いろいろ」の中身はわからない。だが二ノ宮の気持ちは伝わってくる。

「はい、伝えておきます」

丁寧に受け取ったすずを、二ノ宮はじっと見つめた。その表情がなんだかせつなげで、すずは戸惑った。

「おばちゃん、あなたのお父さんとお母さんがうらやましいわ」

唐突な発言にいっそう困惑が深まる。死んだ父と母、不倫関係で姉たちやその母を傷つけたふたりを、うらやましいなんて。

「なんでですか？」

「だって、あなたみたいな宝物、この世に残せたんだもの」

すずは微笑もうとしたが、あまりうまくいかずに目を伏せた。

「宝物なんかじゃないです、あたし」

存在するだけで傷つけてしまう人がいる。

目を上げると、二ノ宮が真顔になっていた。ふっと息を抜いて頭を振る。

「だめよ。そんなこと言ったら、ばちがあたるわよ」

冗談めかした言い方で口もとは笑っているが、眼差しは痛いほど真剣だ。涙を堪《こら》えているようにも見えて、すずは何も言えなくなった。

二ノ宮はすずの肩を抱いて一緒にドアの外に出た。

「じゃあね、楽しんでらっしゃい」

「はい」

「海に映る花火はほんときれいなんだから」

先に出ていた三人が二ノ宮に声をかける。

「おばちゃん、またね」

「ごちそうさまでした」

「ごちそうさまでした」

「はーい、いってらっしゃい。うん」

二ノ宮はにこにこして手を振っている。

仲間たちに合流したすずは、何度か海猫食堂を振り返った。何度振り返っても、二ノ宮は手を振っていた。

港へ向かう道はいつになく混雑していた。ただでさえ浴衣に下駄で歩きにくい上、買い込んできた飲み物やお菓子の袋がかさばる。ようやく待ち合わせの場所にたどり着いた時には、すっかり汗だくになっていた。

花火大会の日は、毎年、美帆の父が漁船を出してくれるという。オクトパスのメンバーは、海上の特等席から花火を眺めるのが恒例になっているそうだ。今年もほぼ全員が参加している。

　この格好で揺れる漁船に乗り込むには、注意が必要だった。おまけに辺りはすでに薄暗く、足もとが見えにくい。

「気をつけてね、すず」

　先に乗った美帆が声をかけてくれ、風太が手を貸してくれる。

「アイムジェントルマン」

「うわっ、よいしょ。ありがと」

　引き上げられるようにして、どうにか乗り込んだ。風太は次の男子に手を差し伸べ、美帆は待っているメンバーから荷物を受け取っている。

　最初はよろけたすずだったが、船が沖に出る頃にはすっかり慣れていた。今夜はあまり波がないそうで、揺れは小さいという。海は真っ黒で、波を光らせる月の色は秘めやかだった。太陽が出ている時とはまるで別物だ。近くに他の船は見当たらず、大人数で賑やかに騒いでいなければ怖くなっていたかもしれない。

　いよいよという段になって、すずたちは空を見上げてその瞬間を待った。

　大輪の花が咲く。少し遅れて、重い音。

　船は歓声に包まれた。すずも夢中ではしゃいだ。

「うわあ！　うわあ、おっきい！　うわあ、すごーい」

海が花火の色に染まる。ふと二ノ宮の笑顔が頭に浮かんだ。海に映る花火をきれいだと言った二ノ宮。彼女はすずのことを宝物と呼んだ。自分が宝物だなんてことが、本当にあるのだろうか。

「すげー、やべ。なんか近く、近くない？　でっか」

隣の風太の声に思考を遮られ、すずは花火に意識を戻した。今は何も考えずに楽しむことにしようと決めた。

大好きな仲間たちと見る花火は、本当にきれいだった。


佳乃は職場の屋上から花火を見た。ビルに切り取られた空は小さく、花火が見える角度は限られている。その場所に残業をしていた六人ほどがぎっしり詰めかけ、手すりに群がっている。

「でも寂しいなあ、会社の屋上なんて」

同僚の言葉に、佳乃は軽く肩をすくめた。

「だよね」

「残業なかったら、彼氏と見られたんじゃないの？」

「そうねえ。まったく……」

去年の花火は朋章と一緒に見たのだった。たった一年前のことなのに、遠い昔のことみたいだ。そういえば、朋章に最後に電話をかけたのはこの場所だった。結局、繋《つな》がらなくて諦めたのも。もう未練はないが、彼のことを嫌いにはなっていない。たぶんずっと好きでいるだろう。

人を好きになるのは理屈ではないと思う。幸に対しては言い過ぎた。不倫はもちろん褒められたことではないが、あれほど強いモラルの持ち主がやめられなかったということを、もっと汲《く》んであげるべきだった。彼女を誰よりもよく知る妹なら。

「お疲れ様」

坂下が遅れてやってきた。最後まで残って働いていたらしい。神様が考えてくれない問題を考えていたのだろう。

佳乃は振り返って、お疲れ様です、と返した。

金も恋も、花火みたいにきれいにばかりはいかない。だが、がんばって仕事をした後に信頼できる人と見る花火は、格別にきれいだった。

花火の音を遠くに聞きながら、千佳はフロアで釣り雑誌を読んでいた。店は今夜も営業しているが、花火大会の時間に客が来ることはほとんどない。

千佳はレジのほうへ目を向けた。おそろいのピンクのTシャツを着た浜田が、壁の写真を見つめている。ヒマラヤ山脈の上空を飛ぶ鶴の写真。かつて彼が挑み、遭難した、エベレストから撮ったものだそうだ。

千佳も浜田の隣に立って写真を見上げた。

「また行きたい？　山」

尋ねるには少し勇気がいった。たぶんなにげない感じで訊けたと思う。

「いやあ、もういいかな」

浜田の答えを聞いたとたん、思わずほっと息が漏れた。彼が気づいたかどうかはわからない。

千佳は笑って浜田を見た。

「じゃあさ、今度へらぶな釣り行こうよ」

「お」

「こう……」

腕を前に伸ばし、釣り竿《ざお》を振る動きを見せる。

「シャッ、シャッ、シャッ、シャッ」

「そうすっか。シャッ」

浜田も真似をして手を動かした。

「これでいいの？　シャッ」

「うん、こう、浮きが沈んだらすかさずシャッ」

「シャッ」

「シャッ」

「そんな険しくていいの？　シャッ」

「シャッ、て感じ。シャッ」

「優しくね」

「そう優しく。シャッ」

街中のほとんどの人が空を見上げている夜に、千佳たちは互いの手を見ていた。花火ではなく。ヒマラヤ上空を飛ぶ鶴でもなく。幻の釣り竿は、それらに負けないくらいきれいだった。


電車が駅に滑り込み、すずはたくさんの乗客とともにホームに押し出された。オクトパスのメンバーのうち、ここで降りるのはすずと風太だけだ。

すずはなんとなくそのまま流されていく気になれず、人波を横切ってベンチに腰を下ろした。風太もつきあってくれる気らしく隣に座った。潮が引くように人がいなくなり、さっきまでの混雑が嘘のような静けさが訪れる。次の電車が入ってくるまでの束《つか》の間、駅は眠りにつくようだった。

すずは黙って宙を見ていた。花火を見ている間は考えないようにしていたことが、また頭を占めている。

「あたし、ここにいていいのかな」

べつに相談するつもりはなかったのに、気がつけば呟いていた。

風太がぎょっとしたようにすずのほうを向く。

「何言ってんだよ、おまえ」

「仙台にいる時も、山形にいる時も、ずっとそう思ってた。あたしがいるだけで傷ついてる人がいる。それが時々、苦しくなるんだよね」

いったん口を開いたら、話してしまった。伝えようとして言葉を選ぶのでなく、心にあるものがそのまま出てくる。風太には弱みを見せてもいいような雰囲気があって、それが千佳のいう誠実ということなのかもしれない。

もっとも、風太のほうはそんな重い話をされても困るだろう。隣を見ると、案の定、彼は難しい顔をして言葉を探しあぐねている様子だ。

申し訳なく思い始めた時、風太が搾り出すように声を発した。

「おれ、三人兄弟の末っ子で。ずっと女の子がほしかったんだけど、また男で、父さんも母さんもがっかりで。だから写真、少ないんだよ、おれだけ」

最初はいったい何の話かと思って、すずはつっかえつっかえ語る彼を見つめていた。しかし風太がにこっと笑った時、彼の言いたいことがわかった気がした。なぜか笑いがこみ上げてくる。

「あれ？　そういう話じゃなかった？」

「ううん、そんなことないよ」

すずはくすくす笑いながら答えた。そうか、そういう話だ。いつのまにか抱え込んでいた荷物が、急に軽くなったみたいだ。

すずたちは駅を出た。下駄の音まで軽くなった気がする。

「じゃあね」

「うん」

風太と一緒なのはここまでだ。

「浅野」

「ん?」

数歩行ったところで、呼び止められて振り返った。風太は駅の前から動いていなかった。彼はすずをまっすぐに見て、きゅっと唇を結び、それから言った。

「その浴衣、けっこう似合ってるよ」

一瞬、どうしていいかわからなかった。すずは少し口ごもってから、微笑んでうなずいた。

「おやすみ」

告げて歩き出す。

「また明日」

「うん」

もう一度、振り返った。風太はまだこちらを見ていた。なんだか背中がくすぐったい。鼓動が少し速かった。

「ただいま」

「おかえり」

「おかえり」

家に帰るなり、佳乃と千佳が玄関まで迎えに出てきた。遅れて幸もやってくる。

その姿を見て、すずは目を瞠った。三人とも浴衣を着て、髪をまとめている。

どうしたのと尋ねる前に、佳乃が身を乗り出した。

「どうだった、浴衣。モテた？」

「べつに……」

「照れてる、照れてる」

思わずそっぽを向いたすずを、千佳がからかう。

「てか、どうしたの？　幸姉まで」

やっと尋ねると、佳乃がにんまりした。

「花火やろうと思って」

千佳が幸の浴衣の袖を摘まんで広げる。

「シャチ姉のはおばあちゃんのやつ」

「そ。ちょっと地味なんだけどね」

「ぴったりじゃん」

すかさず言った佳乃を小突いてから、幸は改めてすずに笑いかけた。

「やろうよ、四人で。花火」

「うん、やる！」

すずは跳ぶようにして廊下に上がった。

すでに準備は整っていた。縁側には様々な花火、庭には水を入れたバケツ。

「だんご花火」

「だんご」

佳乃と千佳が互いの花火をくっつけ合う。千佳が振り回した花火が、佳乃の浴衣に触れそうになる。

「あー、危ない。ちょっと、あんた」

「シャー」

すずも笑いながら花火を軽く振った。光の線が描かれる。きらめきに吸い込まれそうになる。打ち上げ花火もいいが、手持ちの花火もやっぱりいい。

「あー、終わっちゃった」

燃え尽きた花火をバケツに突っ込み、すずはすぐさま次のを取りに走った。ひとりしゃがんでいる幸の傍にしゃがみ、火を移してもらう。佳乃も千佳もやってきて、今度はすずから火を移した。

「きれいだね」

「ねえ」

「みんなおんなじだ」

「ほんとだ」

幸の花火が消え、新しい花火にすずが火を移した。すずに千佳が、千佳に佳乃が、佳乃に幸が、次々に火を移していく。

仲間と見上げた花火はきれいだった。姉妹で分け合う花火も、やっぱりきれいだった。泣きたくなるくらい。違う、笑いたくなるくらい。

すずは声を出して笑った。みんな声を出して笑った。

そんな姉妹を、五十五歳の梅の木が見下ろしていた。


夜勤明けで眠っていた幸は、家の中の物音で目を覚ました。今日は土曜日で、時計を見ると昼過ぎだ。サッカーの練習に行っていたすずが帰ってきたのだろう。

着替えてカーテンを開けると、眩しい光が目を突いた。どうやら一雨あったらしく、濡れた葉やそこに溜《た》まった水滴が、再び照りつけ始めた太陽の光を反射している。すずは帰りに降られなかっただろうか。

心配しながら居間へ行った幸は、目を剝いた。シャワーを浴びてきたところらしいすずが、庭のほうを向いて縁側に立ち、裸の体に巻いたバスタオルをがばっと開いている。正面に置いた扇風機の風を浴びているようだ。

「こら！　人が来たらどうすんの！」

背後から叱りつけると、すずはぱっとタオルを巻いて振り向いた。見つかっちゃった、とばかりに笑って肩をすくめ、幸の横をすり抜けて逃げていく。

幸は腰に両手を当てて見送ったものの、内心はむしろ嬉しかった。この家に来た頃は行儀がよすぎるくらいだったすずが、今はこんなに奔放にふるまっている。

階段を駆け上る足音がして、しばらくして駆け下りる足音がした。かつては音にもいちいち気を遣っていた節があるが、今では静かにしなさいと注意しなければいけないくらいだ。

服を着てきたすずは、梅ジュースを作ると言って台所に入っていった。梅酒を漬けた際、すず用に氷砂糖と酢で漬けたもので、飲む時は水か炭酸で割る。

「お姉ちゃーん、甘めー？　すっぱめー？」

「すっぱめー」

「濃いめー？　うすめー？」

「濃いめー」

幸は声を張り上げながら、縁側に腰かけて梅の木を見上げた。最初はこれが梅の木であることも知らなかったのに、すっかり慣れたものだ。

ややあって、すずがグラスを二つ運んできた。それぞれに濃さが異なる自家製の梅ジュースと、梅の実が一つずつ入っている。すずは居間と縁側の境のあたりに、足を前に投げ出して座った。

「初めてにしてはうまくいったね」

「うん」

うなずくすずは満足そうだ。幸は自分のグラスをちょっと掲げた。

「飲んでみる？」

「うん」

「はい」

「ありがと」

互いのグラスを交換する。すずは口をつけるなり顔をしかめた。

「ん、すっぱ」

「子どもだな」

「幸姉に比べればね」

「おお、憎たらしい」

言葉とは裏腹に、頬が緩むのを抑えられない。いつのまにかこんな軽口さえ叩けるようになっている。

幸は手にしたグラスに入っている梅の実に目を凝らした。だいぶしわしわになっているが、漬ける時に竹串で書いた文字はかろうじて読み取れる。

「これ、すずの『す』だ」

幸はマドラーで実を突いた。

「えいえいえいえい、ガシッガシッ」

「うわっ、うわっ」

すずは体を突かれているみたいに身を捩《よじ》った。それから、自分が持っているグラスを見て逆襲に出る。

「こっちは幸姉の『ち』」

「いや、きっと千佳の『ち』だね」

「違うもーん。ぐさっ、おりゃおりゃおりゃおりゃ」

「うっうー」

ふたりは顔を見合わせて笑った。呻《うめ》いてみせたり笑ったりで渇いた喉に、冷たいジュースが染み渡る。

グラスの片づけは幸が引き受け、戻ってくると、すずは縁側に膝をついて熱心に柱を見ていた。子どもの頃、三姉妹が身長を記していたところだ。

「幸姉、三歳。千佳ちゃん、三歳。よっちゃん、三歳。よっちゃん、五歳。幸姉、六歳」

「うん」

幸はふと思いついて、定規とペンを持ってきた。すずは立ち上がって、三姉妹の成長をたどり続けている。

「……九歳。千佳ちゃん、十一歳」

「千佳、十二歳。千佳、十三」

幸もすずの後ろに立ち、一つ一つの記録を指差した。思えば、この年頃まで欠かさず背を測り合っていたのだから、姉妹仲は常によかったということだろう。特にそう意識したことはなかったけれど。

「よっちゃん、十四歳。あ、幸姉、十五歳」

「うん」

幸はすずの背中を柱につけさせ、頭に手を乗せてみた。まっすぐにした指先は、幸の十五歳の記録より少し下に当たった。

「すずのほうがちょっと小さいか」

これまでのすずの記録もつけられればよかったのに、と無理なことを思う。

幸がペンの蓋を開けて定規を当てようとすると、すずはすかさず背伸びをした。こういうお茶目なところも、かつては見せなかった一面だ。

「こら、ズルはだめ。……はい。すず、十五歳」

柱に線を引いて「すず、十五歳」と記した。三姉妹の背比べに、新しい妹が加わった。

「うん」

「うん」

肩を並べ、同じ言葉で満足を分かち合う。

今なら、と幸は閃《ひらめ》いた。今なら吐き出せるかもしれない。


幸に誘われて外に出たすずは、たちまち汗だくになった。太陽は永遠に沈まないのではないかと思うほど強く照り、逃げ水まで見えている。

幸は行き先を教えてくれなかった。バッグは持たなくていいというのだから、買い物をしたり電車に乗ったりすることはないのだろう。だがすぐ近くというわけでもなさそうで、駅へ行く時に渡る橋を越えて、なおぐんぐん進んでいく。

やがて幸は山道に足を踏み入れた。木が日差しを遮ってくれるのはありがたいが、舗装されておらず急勾配だ。すずは初めて通る道だった。

登り始めてしばらくすると、幸は足を止めて息をついた。蟬時雨《せみしぐれ》に混じって呼吸の音が聞こえる。

「だいじょうぶ？」

「うん。でもこんなに登ったかな」

「道、間違えてない？」

「どうしよう、帰れなくなったら」

幸がまた歩き出したので、すずはほっとした。冗談を言う余裕もあるようだ。

すずにとっては遅いペースで足を運び続けていると、ほどなく開けた場所に出た。山頂なのかどうかわからないが、木が切り払われて見晴台のようになっている。

幸が立ち止まり、ほっとした様子で額の汗を拭った。

「ここだ、ここだ」

「わあ」

すずは幸の隣に並び、目の前の景色を見渡した。足もとに広がる街。街を抱くように横たわる岬。そして街の向こうに見える、海。

山形の、あの神社の境内から望む景色を思い出す。一年前、あそこへ姉たちを連れていった時、彼女らが比べていたのはここのことだったのだ。

「ほんとだ。あの場所に似てるね」

「うん。小さい頃、お父さんとよく来たんだ。お父さんがいなくなってからは、ひとりで」

すずははっと息を呑んだ。幸も同じだったのだ。しっかりしていなくてはいけなくて。やりきれない気持ちの出口がなくて。逃げるようにここへ来て、泣き声を蟬の声に隠した。そうやって戦うしかなかった。ひとりぼっちで。

幸が一歩前に出た。かと思うと、いきなり体を折るようにして叫んだ。

「わーっ」

驚くすずを振り返って微笑む。

「すずもやってごらん」

「え、いいよ」

「いいから」

手を引かれ、見晴台の端ぎりぎりまで連れていかれた。海が少しだけ近くなる。父が見ていた海。この街にいた時も、あの街にいる時も。

「わーっ」

幸が再び叫んだ。声は街を飛び越えて海まで届きそうだ。すずは無意識に耳を澄ませていた。返事があるはずもないのに。

すずはぎゅっと拳を握った。

「わーっ」

こんな大声を出すのはどのくらいぶりだろう。汗が滴り落ち、肺が空っぽになる。爪が食い込んだ手のひらが痛い。

「お父さんのばかーっ」

三度目の幸の叫びは、言葉になっていた。幸がすずを見る。すずも幸を見る。目が合ったとたん、すずはなんとも言えない心強さを感じた。ひとりで泣いていたあの時、ひとりではなかったような、幸と一緒だったような気がする。この人は同じ痛みを知っている。すずの涙を許してくれる。

あの日の想いを分かち合うように、どちらからともなく笑い合った。

幸の叫びは、すずの叫びだ。

お父さんのばか。なんで陽子さんと結婚したの。あたし、最初からあの人のこと嫌いだった。好きになろうと思ったけどだめだった。山形には行きたくなかったし、新しい家族なんかほしくなかった。それなのに、あたしを残して死んじゃうなんて。

すずは深く息を吸った。胸が熱い空気でいっぱいになった。

「お母さんのばかーっ」

お母さんが奥さんのいる人を好きになったりしたから、お姉ちゃんたちも、お姉ちゃんのお母さんも、みんなが傷ついた。お姉ちゃんたちは恨まないでいてくれるけど、それでもお母さんの記憶を口に出すのは後ろめたい。お父さんとお母さんの間に生まれた自分を、宝物なんて思えない。

お父さんのばか。お母さんのばか。

「もっと一緒にいたかったのに……」

海はもう見えなかった。ぼやけた視界にきらめきだけが残っている。

顔をくしゃくしゃにしたすずを、幸がそっと抱いた。何かとても大切なものを扱うように。ふと誰かの面影が胸をかすめた。いつか抱かれた記憶。こんなふうに。まるで——

「お母さんのこと、話していいんだよ」

見抜かれていたとは思わず、すずは身を硬くした。だが、当たり前だと納得する気持ちもあった。幸は蟬時雨の中でひとり泣いたことがある人だから。

目の縁に留《とど》まっていた雫《しずく》が零れ落ちた。

「うん……」

声はかすれて、ほとんど音になっていない。

幸の手がすずの後ろ頭を撫でた。白い手がやわらかく動く様が目に浮かぶ。

電車の窓越しに振る手。梅酒を漬ける手。障子の枠に糊《のり》を塗る手。身長を柱に記す手。料理をする手。洗濯物を畳む手。すずの肩を抱く手。この一年、いつも見てきた。いつも支えられ、守られてきた。

思えば、初めて出会った時からそうだったのだ。これは大人の仕事です、と庇《かば》ってくれた、あの言葉は忘れられない。

山形にいる時も、香田家に来てからも、子どもでいてはいけないと気を引き締めていた。だが一年経った今、自分は呆れるくらい子どもだ。それでいいのだと、幸が思わせてくれた。幸だけではない、佳乃が、千佳が。

子どもでいられる。自分でいられる。ここでなら。

「すずはここにいていいんだよ。ずーっと」

幸の顔は見えないのに、微笑んでいるのがわかる。海の輝きが目に焼きついて、まぶたの裏できらきらと躍る。

「うん……」

すずは幸の背に手を回し、その肩口に顔を埋めた。幸の服がすずの涙で濡れていく。でも、離れられない。

「ここにいたい……ずっと」

その声は小さく、蟬時雨にも木々のさざめきにさえ負けそうで、幸の耳にちゃんと届いたかわからなかった。なんとか伝えたくて、一生懸命にしがみつく。

ここにいたい。幸の、姉たちの傍に。

幸はすずを包み込むように抱きしめ、いつまでも頭を撫で続けた。


百日紅《さるすべり》が満開だった。鮮やかなピンクの花は、老いてもかわいらしかった二ノ宮に似ていた。時おりそよ風に揺れる様は、笑っているみたいだ。

花の下を、黒い服に身を包んだ人たちが通り過ぎる。オクトパスのメンバーは、それぞれの学校の制服を着ている。うなだれている人も泣いている人もいる。なのに不思議と陰鬱な感じがしないのは、この青い空と百日紅のおかげかもしれない。それと、旅立った彼女の人柄と。

すずは百日紅の下に立ち、重なった花の隙間から空を見た。父を焼いた煙が上っていった空に、二ノ宮も行くのだろうか。思い出すのは笑顔ばかりで、そのせいか涙は出なかった。

一方、佳乃はずっとハンカチを手放せずにいる。幸と千佳が励ましたり背中をさすったりしているが、涙が止まる気配はない。姉妹たちにも言わなかったことだが、佳乃は仕事の関係で二ノ宮の病気のことを知っていたという。それは幸も同じで、ターミナルケア病棟で彼女を看取《みと》ったのは幸だったそうだ。

「いい葬式や。いい人生やったねえ」

庭園に出てきた福田は、穏やかな笑みを浮かべていた。こんな時でもきちんとした喪服姿ではなく、黒いカーディガンを無造作に羽織っている。そのまま海猫食堂のカウンター席に座っていそうだ。

福田は目を細めて幸を見た。

「あんたが傍におってくれて、おばちゃん、安心して逝けたんやないやろか」

幸は首を振り、口元にかすかな笑みを浮かべた。

「写真の二ノ宮さん、いい顔してましたね」

「ね、きれいだった」

同意した佳乃は、ハンカチで目や鼻を忙しなく押さえ、なんとか微笑もうとしているようだ。

「あれ、福田さんが撮ったんでしょ」

「ああ、あれ、最後のデートの時の」

「あの桜、そこの参道ですよね」

千佳が山門のほうへ目をやると、福田も懐かしそうにそちらを見やった。

「うん。入院しとった時もよう言いよったね。あん時の桜はほんときれかったーつって。もうすぐ死ぬってわかっとっても、きれいなもんをちゃんときれいって思えるのが嬉しいって、そう言いよったね」

看護をしていた幸も聞いたことがあるのだろう、きゅっと拳を握ったのが視界の端に映った。

福田は淡い微笑を浮かべたまま、けれど泣いているように見える。だがやっぱり笑っている。姉たちも、もしかしたら自分も、同じ表情をしているのかもしれない。

幸が福田に頭を下げ、佳乃と千佳も倣った。すずもそうして、姉たちについて帰ろうとした時、福田がすばやく囁《ささや》いた。

「すずちゃん。お父さんの話、聞きたくなったら、こっそーっとおいで」

すずは目を瞠り、それから笑顔になった。父のしらすトーストは、やっぱりそういうことだったのか。

「はい、そうします」

すずはもう一度、深くお辞儀をした。

近いうちに山猫亭へ行こう。ただしこっそりとではなく、姉たちと一緒に。父のことも母のことも、話していいのだと言ってくれたから。

揺れる百日紅に、背中を押された気がした。そういえば、姉たちが鎌倉に来ないかと誘ってくれたホームにも、このピンクの花びらが舞っていたっけ。行きます——あの時の決断を改めて噛みしめる。

すずは走って姉たちに追いついた。

幸と佳乃と千佳の妹。四姉妹の末っ子。

ここが居場所だ。


日が沈んでしまうと、夏の海辺はとたんにやさしい景色になる。光の名残りをとどめた空と、淡く霞《かす》んだ水平線。打ち寄せる波は穏やかで、やがて訪れる夜を静かに待っているようだ。

二ノ宮の葬儀からの帰り、幸たちはふらりと砂浜に降りた。誰が言い出したわけでもなかったが、みんなきれいなものが見たかったのかもしれない。

渚に向かって歩きながら、すずが笑みをたたえて言った。

「お父さんもおんなじこと言ってた。亡くなる前に桜のこと。まだきれいなものをきれいって思えるのが嬉しいって」

すずが自分から父の思い出を語るのは初めてだ。

「いい人生だったんだね」

微笑む佳乃のまぶたは、まだ少し腫れぼったい。転んだりけんかをしたりで大泣きしていた、幼い日の顔をふと思い出す。

幸は海に目を向けた。椎名との未来を手放した時も、こうして海を眺めていた。自分が最後に手にしているものは何だろう。

「最後に何を思い出せるかなあ」

「あたしは男か、酒だよね」

「よっちゃんらしい」

佳乃が頭をかいて答え、千佳が笑う。

「シャチ姉は？」

「何だろ……」

佳乃に訊かれて心の中を探った。

「縁側かなあ、あの家の」

浮かんできたのはそれだった。梅の木が見えて、背比べの記録がある、あの縁側。いろんなものがつまっている、あの。

「これでまた嫁に行くのが遅れるわ」

佳乃が史代の口ぶりをみごとに真似て、妹たちを笑わせた。からかわれた幸まで笑ってしまった。

「ねえ聞いてよ、あたしにも」

「えー、あんた、趣味変わってるからなあ」

「ひどーい」

千佳と佳乃のやりとりにも、またひとしきり笑いが起きる。

「すずは？」

幸が尋ねると、すずは姉たちの前に出てくるっと振り向いた。

「いっぱいあるよ。いっぱいできた」

なんだか自慢げだ。

「まだ子どものくせに」

「お姉ちゃんたちに比べればね」

佳乃にからかわれ、前に幸に告げたのと同じ台詞《せりふ》でやり返す。

「また言ってる」

「五十年も経てば、みーんな同じおばあちゃんになるんだからね」

「それ楽しいかも」

笑い合う姉たちに背を向けて、すずはひとりで波打ち際まで歩いていった。小さな足跡が点々と伸びていく。その後ろ姿を見ているだけで、すずが微笑んでいるのがわかる。

去年の夏、こうやって三人で父を焼く煙を見上げた。その時に自分が口にした言葉を憶えている――やさしくてだめな人だったのよ。

「お父さん……ほんとだめだったけど、やさしい人だったのかもね」

ぽつりと呟くと、佳乃が少し驚いたようにこちらを見た。千佳にとってもやはり意外だった様子だ。

「なんで？」

自分でも思っていなかった。父を許せる日が来るなんて。

幸はすずを見つめたまま答えた。

「だって、こんな妹を残してくれたんだから」

佳乃と千佳の眼差しがふっと和らいだのを感じた。その眼差しが幸からすずへとゆっくり移る。

「そっか、そうだよね」

「そうだよ、きっと」

すずがぱっと振り返った。思ったとおり微笑んでいる。

「ん？　何？　何か言った？」

「なんでもない」

幸たちも笑ってすずに近づいていった。

いつもと同じ、海の匂いがした。

――本書のプロフィール――

本書は、コミック『海街diary』（作／吉田秋生）を原作とした映画「海街diary」の脚本（是枝裕和）をもとに、著者が書き下ろしたノベライズ作品です。

小学館文庫

海《うみ》街《まち》diary《ダイアリー》

著者　高瀬《たかせ》ゆのか
原作　吉田秋生《よしだあきみ》　監督・脚本　是枝裕和《これえだひろかず》

二〇一五年五月十三日　初版第一刷発行

発行人　丸澤　滋
発行所　株式会社　小学館
〒一〇一-八〇〇一
東京都千代田区一ツ橋二-三-一
電話　編集〇三-三二三〇-五四五五
　　　販売〇三-五二八一-三五五五
印刷所――――凸版印刷株式会社

Printed in Japan　ISBN978-4-09-406165-9